名家
写名家

一脉相承师友情

梁刚建 主编 曹鹏 编撰

中国广播电视出版社
CHINA RADIO & TELEVISION PUBLISHING HOUSE

图书在版编目（CIP）数据

一脉相承师友情 ／ 曹鹏编撰． -- 北京 ：中国广播
电视出版社，2013.2
（名家写名家 ／ 梁刚建主编）
ISBN 978 - 7 - 5043 - 6809 - 6

Ⅰ．①一… Ⅱ．①曹… Ⅲ．①杂文集－中国－现代
Ⅳ．①I266.1

中国版本图书馆CIP数据核字 (2013) 第000697号

一脉相承师友情

梁刚建　主编　曹　鹏　编撰

责任编辑　李潇潇
装帧设计　嘉信一丁

出版发行　中国广播电视出版社
电　　话　010－86093580　010－86093583
社　　址　北京市西城区真武庙二条9号
邮　　编　100045
网　　址　www.crtp.com.cn
电子信箱　crtp8@sina.com

经　　销　全国各地新华书店
印　　刷　涿州市京南印刷厂

开　　本　710毫米×1000毫米　1／16
字　　数　210（千）字
印　　张　13
版　　次　2013年2月第1版　2013年2月第1次印刷

书　　号　ISBN 978－7－5043－6809－6
定　　价　29.80元

导　言

你在桥上看风景，看风景的人在桥下看你　曹　鹏

你在桥上看风景，看风景的人在桥下看你

文／曹鹏

　　本丛书中选收的回忆文章，都是名家们饱含感情写师友的精心之作，脍炙人口，可谓篇篇珠玑，编选者的工作只是用一条线把它们串在了一起而已。

　　这条线，除个别例外，有点像修辞里的顶针格，名家忆名家，后一个名家写前一个名家，更后的名家又写后一个名家。这种情景，可以借用卞之琳的名句"你在桥上看风景，看风景的人在桥下看你"来描绘。

一

　　回顾历史，从新文化运动到20世纪30年代乃至40年代，中国的文坛繁荣兴盛，名家名作硕果累累。民国的文人活得意气风发，虽然有战争，有动荡，有迫害，有贫穷，但在精神上是自由而健康的。这种文化上的生机勃勃在本书所收文章里反映得很清楚。

　　才学是文人彼此成为朋友的基础，这也就是所谓的共同语言，但与此同时，文人都有个性，甚至是极张扬或咄咄逼人的个性，这又是很多文人结怨成为对头的原因。

　　以鲁迅与郁达夫为例，他们的性格与为人处世的作风皆有天壤之别，可是两人交情甚好，鲁迅去世后，郁达夫写悼念文章也直言不讳两人性格的反差，鲁迅在世时也曾公开讲到这点。鲁迅在文章里写道："对于达夫先生的嘱咐，我是常常'漫应之曰：那是可以的'的。直白的说罢，我一向很回避创造社里的人物。这也不只因为历来特别的攻击我，甚而至于施行人身攻击的缘故，大半倒在他们的一副'创造'脸。虽然他们之中，后来有的化为隐士，有的化为富翁，有的化为实践的革命者，有的也化为奸细，而在'创造'这一面大纛之

下的时候，却总是神气十足，好像连出汗打嚏，也全是'创造'似的。我和达夫先生见面得最早，脸上也看不出那么一种创造气，所以相遇之际，就随便谈谈；对于文学的意见，我们恐怕是不能一致的罢，然而所谈的大抵是空话。但这样的就熟识了，我有时要求他写一篇文章，他一定如约寄来，则他希望我做一点东西，我当然应该漫应曰可以。但应而至于'漫'，我已经懒散得多了。"（鲁迅《伪自由书·前记》）

用现在的眼光看，民国文坛的斗争激烈，鲁迅更是以战士的姿态，攻击过一大批论敌，可是，当时光的尘埃落定之后，后人看得越来越清楚，即使是鲁迅骂得最不堪的章士钊、梁实秋、陈西滢、顾颉刚，也都是青史留名的杰出学者，学术成就与贡献有的甚至不在鲁迅之下，这倒有些像武侠评书里英雄所标榜的"刀下不斩无名之鬼"！不学无术的草包与混混，在民国文坛是没有立足之地的，不光没机会成为鲁迅这样的人物的朋友或学生，甚至没机会成为敌人或对手。

曹丕有句名言"文人相轻自古而然"，同是文人，相轻虽不可取，但也还可以理解；可怕的是那些自己并非文人的对文人"轻"起来，也就是武大郎开店"狗眼看人低"高人莫来的嫉贤妒能，才是妨害文化学术的邪恶力量。不幸的是，现实中这种情况并不罕见。

二

鲁迅对青年的感情，如同萧红用女性特有的直觉指出的，是一种"母性"，也就是发自内心的爱护与关心，在力所能及时给予机会与帮助，从精神到物质，自发的不求回报的付出。这也是多子女家庭里长子的角色所决定的性格特点。虽然鲁迅经常委婉地抱怨有青年学生不仅不感恩报恩，甚至会反目成仇或算计师长，如高长虹、李小峰，但是他对待青年还是一片热心。

鲁迅在民国文坛是叱咤风云的领袖、旗手，他在身后更享有极高的地位，甚至被神化了，这一方面是因为他的作品有思想性与艺术性，另一方面，也是因为他在青年中的声望与人气。1936年10月19日他逝世后，《大公报》发表一篇相对客观的小评论，言语中对鲁迅的成就有所褒贬，编辑萧乾为此不惜与大公报负责人撕破脸抗争，由此可见鲁迅的形象何等神圣不容侵犯。鲁迅的葬礼之隆重，在民国文坛是一件轰动全国的大事，在当时重丧的社会背景下，葬礼大都要靠家庭张罗，大操大办往往要付出倾家荡产的代价，如"旧王孙"溥儒葬母那样，而鲁迅遗属孤儿寡妇根本没有经济上与精力上的条件大办丧事，事实上，鲁迅能备享哀荣，除了他的朋友们出面，更多的靠的就是学生一辈的青年。

鲁迅对文学工作者的影响是至深至大的，孙犁就是一个例子，他对鲁迅心悦诚服，几乎亦步亦趋，他在成名后甚至按鲁迅日记所附购书账，逐一照单全收地订购图书。孙犁学习鲁迅的作风，培植了一批青年作家，形成了以孙犁为首的荷花淀派。

孙犁提携过的文学青年，最著名的要数莫言了。在莫言还在当兵刚尝试业余创作时的1984年4月，孙犁为《天津日报》写了一篇《读小说札记》，其中有这样一段话："去年的一期《莲池》，登了莫言的一篇小说，题为《民间音乐》。我读过后，觉得写得不错。"当年孙犁在中国文坛有一言兴邦的影响，所以，莫言自己说："几个月后，我拿着孙犁先生的文章和《民间音乐》敲开了解放军艺术学院的大门，从此走上了文学之路。"

2012年10月，莫言获得了诺贝尔文学奖的消息发布，姑且不论此奖的价值与份量如何，作为中国大陆作家第一个得奖者，莫言得到了空前的成功。这在1984年孙犁写那篇文章时，肯定是没预料到的，他的一句话，成就了一个诺贝尔文学奖获得者。当时评不评发表在地级市文学刊物上的一个青年作者的作品，在孙犁是可有可无之事，可以说，孙犁评莫言，只是兴之所致的偶然，不过，偶然多了，就有必然，所以，对于青年与学生，能多给一些提携与帮助，在长者、尊者、为人师者，是责任与义务，广种薄收，甚至广种未收，也比不种要好得多。

成功者耕耘也许不需要回报，但是收获时人们会更尊敬播种者。

三

同是帮助晚辈后生，效果都是"一经品题身价百倍"或"鲤鱼跃龙门"的大恩，帮助者的态度不同，对被帮助者来说感情也就不同。乔治·奥威尔在《我为什么要写作》一书有句意味深长的话："慷慨大度与抠门小气一样令人不好受，感激涕零和忘恩负义一样令人憎恶。"写尽了师生或朋友或亲戚之间，在精神上、心理上的微妙复杂关系。这也许可以解释郁达夫与沈从文的关系。

郁达夫写下了著名的《给一位文学青年的公开状》，不久，他把沈从文介绍给当时著名的《晨报副刊》的主编。一个月后，沈从文的处女作《一封未曾付邮的信》在《晨报副刊》上发表。后来，他又介绍沈从文与徐志摩相识，沈从文因此得到徐志摩的赏识和提携。

在《给一位文学青年的公开状》里，与其说是对文学新人沈从文的肯定与鼓励支持，不如说是浇冷水，文章显露的是郁达夫特有的不加掩饰的优越感与悲天悯人情怀，在这里沈从文只不过是一个大文豪借以发愤世嫉俗的议论的可怜道具。对于自尊心极强的人来说，有时帮助过自己的人也许正是最蔑视自己的人，这样的关系真是无可奈何。1936年，《从文小说习作选》出版时，沈从文在代序里写下了一段文字："这样一本厚厚的书能够和你们见面，需要出版者的勇气，同时还有几个人，特别值得记忆，我也想向你们提提：徐志摩先生，胡适之先生，林宰平先生，郁达夫先生……这十年来没有他们对我的种种帮助和鼓励，这本集子里的作品不会产生，不会存在。"这种表述方法耐人寻味。现今社会，人名排列成为一门学问，特别是在报纸与广播电视新闻上，顺序谁先谁后，讲究大得很，别武断地把这贬斥为形式主义官本位作风，要知道，中国的国情确实有通过先后顺序字里行间皮里阳秋的传统。特别是在文人写文人时，字句的掂量推敲会格外用心。

沈从文是一个高产的作家，他的小说与散文发表数量巨大，可是，就我有限的阅读范围所及，他没有留下关于郁达夫的回忆或纪念、追悼文章。相比之下，他写过悼念徐志摩的文章。沈从文写过一篇评论文章，把郁达夫与张资平合论——沈从文是精研《史记》的，对太史公的笔法颇多体悟，这篇虽非老子与韩非合传体例，但鉴于当时张资平在文坛的口碑以及后来的形象，把郁达夫与张资平并列论述，已经是春秋笔法，明显不全是敬意。

沈从文对郁达夫的侄女郁风谈起郁达夫，因为是对恩人的晚辈，言辞中肯定会表达知遇感恩之情，这也是一个有教养的长者应有的礼数。也许我是强作解人，我认为，对于作家与学者，还是文章与著作中的评价更能表明真实感情与态度。在书面上不置一辞，或写一篇可以作字里行间解读的文章，同样是一种评价。

四

巴金与沈从文是挚友，他们都既是文学报刊编辑又是小说散文作家，可谓志同道合。因此，巴金笔下的沈从文，就与郁达夫笔下的鲁迅异曲同工。在交情友谊之外，巴金对沈从文的推崇是不遗余力的，同时，也对沈从文在新中国成立后的被边缘化与受到的不公正待遇，予以声援。

从五十年代开始，文人学者在各种运动中受打击迫害，成为司空见惯寻常事，在人人自危的环境中，很少有谁敢于仗义直言。巴金晚年致力于反思自己与"文革"对中国文化的破坏性影响，因此，他悼念沈从文的文章，表达的不仅是个人感情，还有着左拉"我控诉"的义愤。他对沈从文逝世后国内报道既晚又简短表示谴责，实际上，之所以出现这种情况，还真不是有什么指示或精神在发挥作用，而只是在当时的社会状态下，演艺明星与富豪老板才是热点，新闻业实际上已经失去对文化学术人物的关注兴趣。这也算是"文革"后遗症吧。

<h2 style="text-align:center">五</h2>

在作者与回忆文章的主人公是朋友或夫妻时，视角不会是仰视，而是平视——反而更接近真实面貌。同样回忆鲁迅，萧红是高山仰止体，虽然很生动、亲切，但更多程度上可能是年轻女作家带着有色眼镜满怀敬慕的感情看到的鲁迅，不由自主的美化了。而郁达夫笔下的鲁迅，更可信，也更平凡与生活化。郁达夫当时在中国文坛上的地位不在鲁迅之下，所以，在沉痛悼念时，也只是把鲁迅作为一个平等的人来描写，事实上，隐然其间的甚至会有一些优越感，如郁达夫写他为鲁迅的版权纠纷而专程跑去上海交涉，显然是帮鲁迅而不是受鲁迅帮。当然，这有违"施人慎勿念，受恩慎勿忘"的古训。不过，郁达夫是性情中人，才华横溢，清狂自大，本来也不是传统意义上的规规矩矩谦谦君子。

端木蕻良写鲁迅是无限景仰，而写萧红却是平等的态度，有很明显的悼亡体色彩，他晚年还写了几篇诗词悼念萧红，这背后有舆论压力太大的因素，他与萧红的结合，以及萧红的不幸早逝，物议颇多。

汪曾祺写沈从文的回忆文章有很多篇，而汪曾祺的全集也只不厚的八册，说明其写作产量并不高，可见师生二人的恩情之深，遗憾的是沈从文未能活到获诺贝尔文学奖，否则，汪曾祺写沈从文的文章肯定还要多得多。就我个人而言，认为沈从文获诺贝尔文学奖更为实至名归，于国于民也更有益。

汪曾祺与端木蕻良是单位同事兼好友，惺惺相惜，话说得很有分寸，而又极到位，他说端木蕻良写画家王梦白的文章好，可是我翻了几本端木蕻良的散文选，居然无一收有此篇。汪曾祺的眼光，在文学与绘画这个题材上，那是没什么可说的。也只有在悼念端木蕻良的文章里，汪曾祺一反自嘲的低调风格，借老舍的话，抬了自己一回，老舍说："我在（北京）市文联，只'怕'两个人，一个是端木，一个是汪曾祺！"他用直接引语引用老舍的话说到这儿，下面还有一句："端木书读得比我多，学问比我大。"这显然是怕的理由，但老舍先生怕汪曾祺的又是什么呢，汪曾祺先生涵养超众，没明说！

六

　　要了解一个历史人物，读同时代人回忆他的文章比读他的正式传记要轻松有趣得多，而且，回忆文章往往文字更生动、更真实，这是因为，传记无论是自己写还是别人写，都不免一本正经、结构完整、穿靴戴帽，而回忆文章则没有这样的负担，可以有话则长、无话则短，只写作者最感兴趣的内容。

　　出于阴差阳错的机缘，我这几年为出版社编选了三种汪曾祺的集子，先后写了五六篇关于汪曾祺的文章，盘点一番，汪曾祺竟然是我为之写过文章最多的前辈作家，而有必要如实禀报读者的是，我接触阅读汪曾祺已经很晚，同时汪曾祺也并不是我对其作品用功最多的前辈作家，所以从不敢以汪曾祺研究专家自居，我也没有机会与汪老先生谋面。故而，我虽然曾一再用"青山多妩媚"来形容自己对汪曾祺的敬仰爱慕或欣赏，但自己明白差不多相当于雾里看花，实在是不敢说已经清楚了。我只不过是把自己的一些观感与印象写出来而已。

　　作为编选者，我自己对这套书里所收诸篇都是非常爱读的，能有机会将这些文章结集出版，视为莫大的乐事，为了体例上的完整，将我所写的关于汪曾祺的浅陋文字附在我编的这一册的后面，这样，书里每位人物就都有了被评说的文字，至于狗尾续貂之讥，则非所计也。

2012年12月1日写于北京闲闲堂

鲁迅写章太炎

◎关于章太炎先生二三事

章太炎于1869年1月12日出生于浙江杭州府余杭县东乡仓前镇一个没落的书香门第。初名学乘，后改名炳麟，字枚叔，号太炎。早年又号"膏兰室主人"、"刘子骏私淑弟子"等。幼受祖父及外祖的民族主义熏陶，通过阅读《东华录》、《扬州十日记》等书，不满于满清的异族统治，奠定了贯穿其一生的华夷观念，并在后来与《春秋》的夷狄观以及西方的现代民族主义观点相结合，形成具有其个人特色的民族主义观。因反清意识浓厚，慕顾绛（顾炎武）的为人行事而改名为绛，号太炎。世人常称之为"太炎先生"。

章太炎

他曾"七被追捕，三入牢狱，而革命之志终不屈挠"。辛亥革命后，日渐脱离政治，专意治学。在经学、史学、文字音韵和文学诸方面都有深湛造诣。章炳麟一生著述甚丰，被尊为经学大师，著作版本繁多，后辑为《章太炎全集》。

鲁迅与章太炎是师生关系，但并不是那么亲密的师生（至少不如与藤野先生亲密），这一点在鲁迅的回忆文章可以清晰地看出，章太炎在清末民初是有很大名望与很高地位的文人，鲁迅则是五四新文化运动以后一举成名的文人，在辈份上代表着两个时代。鲁迅是具有强烈反叛精神的斗士，也是以青年导师与精神领袖为社会所崇敬的。他的名句"横眉冷对千夫指，俯首甘为孺子牛"在一定程度上反映了他对前辈与晚辈的不同态度。

关于章太炎先生二三事

　　前一些时，上海的官绅为太炎先生开追悼会，赴会者不满百人，遂在寂寞中闭幕，于是有人慨叹，以为青年们对于本国的学者，竟不如对于外国的高尔基的热诚。这慨叹其实是不得当的。官绅集会，一向为小民所不敢到；况且高尔基是战斗的作家，太炎先生虽先前也以革命家现身，后来却退居于宁静的学者，用自己所手造的和别人所帮造的墙，和时代隔绝了。纪念者自然有人，但也许将为大多数所忘却。

　　我以为先生的业绩，留在革命史上的，实在比在学术史上还要大。回忆三十余年之前，木板的《訄书》已经出版了，我读不断，当然也看不懂，恐怕那时的青年，这样的多得很。我的知道中国有太炎先生，并非因为他的经学和小学，是为了他驳斥康有为和作邹容的《革命军》序，竟被监禁于上海的西牢。那时留学日本的浙籍学生，正办杂志《浙江潮》，其中即载有先生狱中所作诗，却并不难懂。这使我感动，也至今并没有忘记，现在抄两首在下面——

狱中赠邹容

邹容吾小弟，被发下瀛洲。

快剪刀除辫，干牛肉作糇。

英雄一入狱，天地亦悲秋。

临命须掺手，乾坤只两头。

狱中闻沈禹希见杀

不见沈生久，江湖知隐沦，萧萧悲壮士，今在易京门。

螭魅羞争焰，文章总断魂。中阴当待我，南北几新坟。

一九〇六年六月出狱，即日东渡，到了东京，不久就主持《民报》。我爱看这《民报》，但并非为了先生的文笔古奥，索解为难，或说佛法，谈"俱分进化"，是为了他和主张保皇的梁启超斗争，和"××"的×××斗争，和"以《红楼梦》为成佛之要道"的×××斗争，真是所向披靡，令人神旺。前去听讲也在这时候，但又并非因为他是学者，却为了他是有学问的革命家，所以直到现在，先生的音容笑貌，还在目前，而所讲的《说文解字》，却一句也不记得了。

鲁迅手稿之一

鲁迅手稿之二

民国元年革命后，先生的所志已达，该可以大有作为了，然而还是不得志。这也是和高尔基的生受崇敬，死备哀荣，截然两样的。我以为两人遭遇的所以不同，其原因乃在高尔基先前的理想，后来都成为事实，他的一身，就是大众的一体，喜怒哀乐，无不相通；而先生则排满之志虽伸，但视为最紧要的"第一是用宗教发起信心，增进国民的道德；第二是用国粹激动种性，增进爱国的热肠"（见《民报》第六本），却仅止于高妙的幻想；不久而袁世凯又攘夺国柄，以遂私图，就更使先生失却实地，仅垂空文，至于今，惟我们的"中华民国"之称，尚系发源于先生的《中华民国解》（最先亦见《民报》），为巨大的记念而已，然而知道这一重公案者，恐怕也已经不多了。既离民众，渐入颓唐，后来的参与投壶，接收馈赠，遂每为论者所不满，但这也不过白圭之玷，并非晚节不终。考其生平，以大勋章作扇坠，临总统府之门，大诟袁世凯的包藏祸心者，并世无第二人；七被追捕，三入牢狱，而革命之志，终不屈挠者，并世亦无第二人：这才是先哲的精神，后生的楷范。近有文侩，勾结小报，竟也作文奚落先生以自鸣得意，真可谓"小人不欲成人之美"，而且"蚍蜉撼大树，可笑不自量"了！

但革命之后，先生亦渐为昭示后世计，自藏其锋铓。浙江所刻的《章氏丛书》，是出于手定的，大约以为驳难攻讦，至于忿詈，有违古之儒风，足以贻讥多士的罢，先前的见于期刊的斗争的文章，竟多被刊落，上文所引的诗两首，亦不见于《诗录》中。一九三三年刻《章氏丛书续编》于北平，所收不多，而更纯谨，且不取旧作，当然也无斗争之作，先生遂身衣学术的华衮，粹然成为儒宗，执贽愿为弟子者蓁众，至于仓皇制《同门录》成册。近阅日报，有保护版权的广告，有三续丛书的记事，可见又将有遗著出版了，但补入先前战斗的文章与否，却无从知道。战斗的文章，乃是先生一生中最大，最久的业绩，假使未备，我以为是应该一一辑录，校印，使先生和后生相印，活在战斗者的心中的。然而此时此际，恐怕也未必能如所望罢，呜呼！

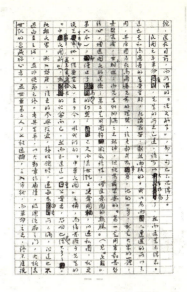

鲁迅手稿之三

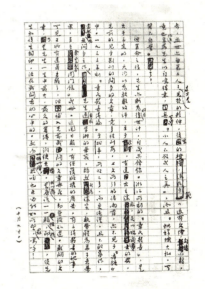

鲁迅手稿之四

一九三六年十月九日

郁达夫写鲁迅

◎怀鲁迅

◎回忆鲁迅

鲁迅（1881～1936年），原名周树人。浙江绍兴人，字豫才。以笔名鲁迅闻名于世。1904年初，入仙台医科专门学医，后来开始创作，希望以此改变国民精神。鲁迅先生一生写作笔耕不辍，作品包括杂文、短篇小说、评论、散文、翻译作品。1918年到1926年间，陆续创作出版了小说集《呐喊》、《彷徨》，杂文集《坟》、《热风》、《华盖集》、《而已集》、《二心集》，散文诗集《野草》，回忆性散文集《朝花夕拾》（又名《旧事重提》）等专集。其中，1921年12月发

鲁迅

表中篇小说《阿Q正传》。从1927年到1936年，创作了历史小说集《故事新编》中的大部分作品和大量的杂文，收在《南腔北调集》、《伪自由书》、《准风月谈》、《花边文学》、《且介亭杂文》、《且介亭杂文二编》、《且介亭杂文末编》、《集外集》和《集外集拾遗》等专集中。鲁迅的作品，对于"五四运动"以后的中国文学产生了深刻的影响。毛泽东主席评价他是伟大的文学家、思想家、革命家。

郁达夫与鲁迅是朋友，他们有多项背景重合：都是浙江人、都在日本留学、都在北京教过书、都在上海生活过、都同时从事小说、散文、诗词创作与文学翻译，他们两人脾气性格与文章风格截然不同，但都是民国文坛风云人物，旗鼓相当，他们有交情，有合作，是惺惺相惜的关系，鲁迅病逝后，郁达夫写过多篇纪念文章。

怀鲁迅

真是晴天的霹雳，在南台的宴会席上，忽而听到了鲁迅的死！

发出了几通电报，会萃了一夜行李，第二天我就匆匆跳上了开往上海的轮船。

二十二日上午十时船靠了岸，到家洗了一个澡，吞了两口饭，跑到胶州路万国殡仪馆去，遇见的只是真诚的脸，热烈的脸，悲愤的脸，和千千万万将要破裂似的青年男女的心肺与紧捏的拳头。

这不是寻常的丧事，这也不是沉郁的悲哀，这正象是大地震要来，或黎明将到时充塞在天地之间的一瞬间的寂静。

生死，肉体，灵魂，眼泪，悲叹，这些问题与感觉，在此地似乎太渺小了，在鲁迅的死的彼岸，还照耀着一道更伟大，更猛烈的寂光。

没有伟大的人物出现的民族，是世界上最可怜的生物之群；有了伟大的人物，而不知拥护，爱戴，崇仰的国家，是没有希望的奴隶之邦。因鲁迅的一死，使人们自觉出了民族的尚可以有为，也因鲁迅之一死，使人家看出了中国还是奴隶性很浓厚的半绝望的国家。

鲁迅的灵柩，在夜阴里被埋入浅土中去了；西天角却出现了一片微红的新月。

一九三六年十月二十四日在上海

（原载1936年11月1日《文学》第七卷第五号）

郁达夫写鲁迅

回忆鲁迅

序　言

　　鲁迅作故的时候，我正飘流在福建。那一天晚上，刚在南台一家饭馆里吃晚饭，同席的有一位日本的新闻记者，一见面就问我，鲁迅逝世的电报，接到了没有？我听了，虽则大吃了一惊，但总以为是同盟社造的谣。因为不久之前，我曾在上海会过他，我们还约好于秋天同去日本看红叶的。后来虽也听到他的病，但平时晓得他老有因为落夜而致伤风的习惯，所以，总觉得这消息是不可靠的误传。因为得了这一个消息之故，那一天晚上，不待终席，我就走了。同时，在那一夜里，福建报上，有一篇演讲稿子，也有改正的必要，所以从南台走回城里的时候，我就直上了报馆。

　　晚上十点以后，正是报馆里最忙的时候，我一到报馆，与一位负责的编辑，只讲了几句话，就有位专编国内时事的记者，拿了中央社的电稿，来给我看了；电文却与那一位日本记者所说的一样，说是"著作家鲁迅，于昨晚在沪病故"了。

　　我于惊愕之余，就在那一张破稿纸上，写了几句电文："上海申报转许景宋女士：骤闻鲁迅噩耗，未敢置信，万请节哀，余事面谈"。第二天的早晨，我就踏上了三北公司的靖安轮船，奔回到了上海。

　　鲁迅的葬事，实在是中国文学史上空前的一座纪念碑，他的葬仪，也可以说是民众对日人的一种示威运动。工人，学生，妇女团体，以前鲁迅生前的知友亲戚，和读他的著作，受他的感化的不相识的男男女女，参加行列的，总有一万人以上。

当时，中国各地的民众正在热叫着对日开战，上海的智识分子，尤其是孙夫人蔡先生等旧日自由大同盟的诸位先进，提倡得更加激烈，而鲁迅适当这一个时候去世了，他平时，也是主张对日抗战的，所以民众对于鲁迅的死，就拿来当作了一个非抗战

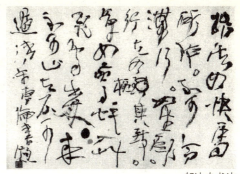

郁达夫书法

不可的象征；换句话说，就是在把鲁迅的死，看作了日本侵略中国的具体事件之一。在这个时候，在这一种情绪下的全国民众，对鲁迅的哀悼之情，自然可以不言而喻了；所以当时全国所出的刊物，无论哪一种定期或不定期的印刷品上，都充满了哀吊鲁迅的文字。

但我却偏有一种爱冷不感热的特别脾气，以为鲁迅的崇拜者，友人，同事，既有了这许多追悼他的文字与著作，那我这一个渺乎其小的同时代者，正可以不必马上就去铺张些我与鲁迅的关系。在这一个热闹关头，我就是写十万百万字的哀悼鲁迅的文章，于鲁迅之大，原是不能再加上以毫末，而于我自己之小，反更足以多一个证明。因此，我只在《文学》月刊上，写了几句哀悼的话，此外就一字也不提，一直沉默到了现在。

现在哩！鲁迅的《全集》，已经出版了；而全国民众，正在一个绝大的危难底下抖擞。在这伟大的民族受难期间，大家似乎对鲁迅个人的伤悼情绪，减少了些了，我却想来利用余闲，写一点关于鲁迅的回忆。若有人因看了这回忆之故，而去多读一次鲁迅的集子，那就是我对于故人的报答，也就是我所以要写这些断片的本望。

廿七年八月十四日在汉寿。

和鲁迅第一次的见面，不知是在那一年那一月那一日，——我对于时日地点，以及人的姓名之类的记忆力，异常的薄弱，人非要遇见至五六次以上，才能将一个人的名氏和一个人的面貌连合起来，记在心里——但地方却记得是在北平西城的砖塔儿胡同一间坐南朝北的小四合房子里。因为记得那一天天气很阴沉，所以一定是在我去北平，入北京大学教书的那一年冬天，时间仿佛是在

下午的三四点钟。若说起那一年的大事情来，却又有史可稽了，就是曹锟贿选成功，做大总统的那一个冬天。

去看鲁迅，也不知是为了什么事情。他住的那一间房子，我却记得很清楚，是在那两座砖塔的东北面，正当胡同正中的地方，一个三四丈宽的小院子，院子里长着三四棵枣树。大门朝北，而住屋——三间上房——却朝正南，是杭州人所说的倒骑龙式的房子。

那时候，鲁迅还在教育部里当佥事，同时也在北京大学里教小说史略。我们谈的话，已经记不起来了，但只记得谈了些北大的教员中间的闲话，和学生的习气之类。

他的脸色很青，胡子是那时候已经有了；衣服穿得很单薄，而身材又矮小，所以看起来像是一个和他的年龄不大相称的样子。

他的绍兴口音，比一般绍兴人所发的来得柔和，笑声非常之清脆，而笑时眼角上的几条小皱纹，却很是可爱。

房间里的陈设，简单得很；散置在桌上，书橱上的书籍，也并不多，但却十分的整洁。桌上没有洋墨水和钢笔，只有一方砚瓦，上面盖着一个红木的盖子。笔筒是没有的，水池却像一个小古董，大约是从头发胡同的小市上买来的无疑。

他送我出门的时候，天色已经晚了，北风吹得很大；门口临别的时候，他不晓说了一句什么笑话，我记得一个人在走回寓舍来的路上，因回忆着他的那一句，满面还带着了笑容。

同一个来访我的学生，谈起了鲁迅。他说："鲁迅虽在冬天，也不穿棉裤，是抑制性欲的意思。他和他的旧式的夫人是不要好的。"因此，我就想起了那天去访问他时，来开门的那一位清秀的中年妇人，她人亦矮小，缠足梳头，完全是一个典型的绍兴太太。

前数年，鲁迅在上海，我和映霞去北戴河避暑回到了北平的时候，映霞曾因好奇之故，硬逼我上鲁迅自己造的那一所西城象鼻胡同后面西三条的小房子里，去看过这中年的妇人。她现在还和鲁迅的老母住在那里，但不知她们在强暴的邻人管制下的生活也过得惯不？

那时候，我住在阜城门内巡捕厅胡同的老宅里。时常来往的，是住在东城禄米仓的张凤举，徐耀辰两位，以及沈尹默，沈兼士，沈士远的三昆仲；不时也常和周作人氏，钱玄同氏，胡适之氏，马幼渔氏等相遇，或在北大的休息室里，或在公共宴会的席上。这些同事们，都是鲁迅的崇拜者，而对于鲁迅的古怪脾气，都当作一件似乎是历史上的轶事在谈论。

在我与鲁迅相见不久之后，周氏兄弟反目的消息，从禄米仓的张、徐二位那里听到了。原因很复杂，而旁人终于也不明白是究竟为了什么。但终鲁迅的一生，他与周作人氏，竟没有和解的机会。

本来，鲁迅与周作人氏哥儿俩，是住在八道湾的那一所大房子里的。这一所大房子，系鲁迅在几年前，将他们绍兴的祖屋卖了，与周作人在八道湾买的；买了之后，加以修缮，他们弟兄和老太太就统在那里住了。俄国的那位盲诗人爱罗先珂寄住的，也就是这一所八道湾的房子。

后来鲁迅和周作人氏闹了，所以他就搬了出来，所住的，大约就是砖塔胡同的那一间小四合了。所以，我见到他的时候，正在他们的口角之后不久的期间。

据凤举他们判断，以为他们弟兄间的不睦，安全是两人的误解，周作人氏的那位日本夫人，甚至说鲁迅对她有失敬之处。但鲁迅有时候对我说："我对启明，总老规劝他的，教他用钱应该节省一点。我们不得不想想将来，但他对于经济，总是进一个化一个的，尤其是他那一位夫人。"从这些地方，会合起来，大约他们反目的真因，也可以猜度到一二成了。不过凡是认识鲁迅，认识启明及他的夫人的人，都晓得他们三个人，完全是好人；鲁迅虽则也痛骂过正人君子，但据我所知的他们三人来说，则只有他们才是真正的正人君子。现在颇有些人，说周作人已作了汉奸，但我却始终仍是怀疑。所以，全国文艺作者协会致周作人的那一封公开信，最后的决定，也是由我改削过的；我总以为周作人先生，与那些甘心卖国的人，是不能作一样的看法的。

这时候的教育部，薪水只发到二成三成，公事是大家不办的，所以，鲁迅很有工夫教书，编讲义，写文章。他的短文，大抵是由孙伏园氏拿去，在《晨报副刊》上发表；教书是除北大外，还兼任着师大。

有一次，在鲁迅那里闲坐，接到了一个来催开会的通知，我问他忙么？他说，忙倒也不忙，但是同唱戏的一样，每天总得到处去扮一扮。上讲台的时候，就得扮教授，到教育部去，也非得扮官不可。

他说虽则这样的说，但做到无论什么事情时，却总肯负完全的责任。

郁达夫书法

至于说到唱戏呢，在北平虽则住了那么久，可是他终于没有爱听京戏的癖性。他对于唱戏听戏的经验，始终只限于绍兴的社戏，高腔，乱弹，目莲戏等，最多也只听到了徽班。阿Q所唱的那句"手执钢鞭将你打"，就是乱弹班《龙虎斗》里的句子，是赵玄坛唱的。

对于目莲戏，他却有特别的嗜好，他有好几次同我说，这戏里的穿插，实在有许许多多的幽默味。他曾经举出不少的实例，说到一个借了鞋袜靴子去赴宴会的人，到了人来向他索还，只剩一件大衫在身上的时候，这一位老兄就装作肚皮痛，以两手按着腹部，口叫着我肚皮痛杀哉，将身体伏矮了些，于是长衫就盖到了脚部以遮掩过去的一段，他还照样的做出来给我们看过。说这一段话时，我记得《月夜》的著者，川岛兄也在座上，我们曾经大笑过的。

后来在上海，我有一次谈到了予倩田汉诸君想改良京剧，来作宣传的话，他根本就不赞成。并且很幽默的说，以京剧来宣传救国，那就是"我们救国啊啊啊啊了，这行么？"

孙伏园氏在晨报社，为了鲁迅的一篇挖苦人的恋爱的诗，与刘勉己氏闹反了脸。鲁迅的学生李小峰就与伏园联合起来，出了《语丝》。投稿者除上述的诸位之外，还有林语堂氏，在国外的刘半农氏，以及徐旭生氏等。但是周氏兄弟，却是《语丝》的中心。而每次语丝社中人叙会吃饭的时候，鲁迅总不出席，因为不愿与周作人氏遇到的缘故。因此，在这一两年中，鲁迅在社交界，始终没有露一露脸。无论什么人请客，他总不肯出席；他自己哩，除了和一二人去小吃之外，也绝对的不大规模（或正式）的请客。这脾气，直到他去厦门大学以后，才稍稍改变了些。

鲁迅的对于后进的提拔，可以说是无微不至。《语丝》发刊以后，有些新人的稿子，差不多都是鲁迅推荐的。他对于高长虹他们的一集团，对于沈钟社的几位，对于未名社的诸子，都一例地在为说项。就是对于沈从文氏，虽则已有人在孙伏园去后的《晨报副刊》上在替吹嘘了，他也时时提到，唯恐诸编辑的埋没了他。还有当时在北大念书的王品青氏，也是他所属望的青年之一。

鲁迅和景宋女士（许广平）的认识，是当他在北京（那时北平还叫作北京）女师大教书的中间，前后经过，《两地书》里已经记载得很详细，此地可以不必说。但他和许女士的进一步的接近，是在"三一八"惨案之前，章士钊做教育部长，使刘百昭去用了老妈子军以暴力解散女师大的时候。

鲁迅是向来喜欢打抱不平的，看了章士钊的横行不法，又兼自己还是这学校的讲师，所以，当教育部下令解散女师大的时候，他就和许季茀，沈兼士，马幼渔等一道起来反对。当时的鲁迅，还是教育部的佥事，故而部长的章士钊也就下令将他撤职。为此，他一面向行政院控告章士钊，提起行政诉讼，一面就在《语丝》上攻击《现代评论》的为虎作伥，尤以对陈源（通伯）教授为最烈。

《现代评论》的一批干部，都是英国留学生；而其中像周鲠生，皮宗石，王世杰等，却是两湖人。他们和章士钊，在同到过英国的一点上，在同是湖南人的一点上，都不得不帮教育部的忙。鲁迅因而攻击绅士态度，攻击《现代评论》的受贿赂，这一时候的他的杂文，怕是他一生之中，最含热意的妙笔。在这一个压迫和反抗，正义和暴力的争斗之中，他与许女士便有了更进一步的认识机会。

郁达夫书法

在这前后，我和他见面的次数并不多，因为我已经离开了北平，上武昌师范大学文科去教书了，可是这一年（民十三？）暑假回北京，看见他的时候，他正在做控告章士钊的状子，而女师大为校长杨荫榆的问题，也正是闹得最厉害的期间。当他告诉我完了这事情的经过之后，他仍旧不改他的幽默态度说：

"人家说我在打落水狗，但我却以为在打枪伤老虎，在扮演周处或武松。"

这句话真说得我高笑了起来。可是他和景宋女士的认识，以及有什么来往，我却还一点儿也不曾晓得。

直到两年（？）之后，他因和林文庆博士闹意见，从厦门大学回上海的那一年暑假，我上旅馆去看他，谈到了中午，就约他及景宋女士与在座的许钦文去吃饭。在吃完饭后，茶房端上咖啡来时，鲁迅却很热情地向正在搅咖啡杯的许女士看了一眼，又用诚告亲属似地热情的口气，对许女士说：

"密斯许，你胃不行，咖啡还是不吃的好，吃些生果罢！"

在这一个极微细的告诫里，我才第一次看出了他和许女士中间的爱情。

从此以后，鲁迅就在上海住下了，是在闸北去窦乐安路不远的景云里内一所三楼朝南的洋式弄堂房子里。他住在二层的前楼，许女士是住在三楼的。他们两人间的关系，外人还是一点儿也没有晓得。

有一次，林语堂——当时他住在愚园路，和我静安寺路的寓居很近——和我去看鲁迅，谈了半天出来，林语堂忽然问我：

"鲁迅和许女士，究竟是怎么回事？有没有什么关系的？"

我只笑着摇摇头，回问他说：

"你和他们在厦大同过这么久的事，难道还不晓得么？我可真看不出什么来。"

说起林语堂，实在是一位天性纯厚的真正英美式的绅士，他决不疑心人有意说出的不关紧要的谎。我只举一个例出来，就可以看出他的本性。当他在美国向他的夫人求爱的时候，他第一次捧呈了她一册克莱克夫人著的小说《模范绅士约翰哈里法克斯》；但第二次他忘记了，又捧呈了她以这册John Halifax Gentleman。这是林夫人亲口对我说的话，当然是不会错的。从这一点上看来，就可以看出语堂真是如何地忠厚老实的一位模范绅士。他的提倡幽默，挖苦绅士态度，我们都在说，这些都是从他的Inferiority Complex（不及错觉）心理出发的。

语堂自从那一回经我说过鲁迅和许女士中间大约并没有什么关系之后，一直到海婴（鲁迅的儿子）将要生下来的时候，才兹恍然大悟。我对他说破了，他满脸泛着好好先生的微笑说："你这个人真坏！"

鲁迅的烟瘾，一向是很大的；在北京的时候，他吸的，总是哈德门牌的拾枝装包。当他在人前吸烟的时候，他总探手进他那件灰布棉袍的袋里去摸出一枝来吸；他似乎不喜欢将烟包先拿出来，然后再从烟包里抽出一枝，而再将烟包塞回袋里去。他这脾气，一直到了上海，仍没有改过，不晓是为了怕麻烦的原因呢？抑或为了怕人家看见他所吸的烟，是什么牌。

他对于烟酒等刺激品，一向是不十分讲究的；对于酒，也是同烟一样。他的量虽则并不大，但却老爱喝一点。在北平的时候，我曾和他在东安市场的一家小羊肉铺里喝过白干；到了上海之后，所喝的，大抵是黄酒了。但五加皮，白玫瑰，他也喝，啤酒，白兰地他也喝，不过总喝得不多。

爱护他，关心他的健康无微不至的景宋女士，有一次问我："周先生平常喜欢喝一点酒，还是给他喝什么酒好？"我当然答以黄酒第一。但景宋女士却说，他喝黄酒时，老要量喝得很多，所以近来她在给他喝五加皮酒。并且说，因为五加皮酒性太烈，她所以老把瓶塞在平时拔开，好教消散一点酒气，变得淡些。

在这些地方，本可看出景宋女士的一心为鲁迅牺牲的伟大精神来；仔细一想，真要教人感激得下眼泪的，但我当时却笑了，笑她的太没有对于酒的知识。当然她原也晓得酒精成分多少的科学常识，可是爱人爱得过分时，常识也往往会被热挚的真情，掩蔽下去。我于讲完了量与质的问题，讲完了酒精成分的比较问题之后，就劝她，以后，顶好是给周先生以好的陈黄酒喝，否则还是喝啤酒。

这一段谈话过后不久，忽而有一天，鲁迅送了我两瓶十多年陈的绍兴黄酒，说是一位绍兴同乡，带出来送他的。我这才放了心，相信以后他总不再喝五加皮等烈酒了。

我的记忆力很差，尤其是对于时日及名姓等的记忆。有些朋友，当见面时却混得很熟，但竟有一年半载以上，不晓得他的名姓的，因为混熟了，又不好再请教尊姓大名的缘故。像这一种习惯，我想一般人也许都有，可是，在我觉得特别的厉害。而鲁迅呢，却很奇怪，他对于遇见过一次，或和他在文字上有点纠葛过的人，都记得很详细，很永固。

所以，我在前段说起过的，鲁迅到上海的时日，照理应该在十八年的春夏之交；因为他于离开厦门大学之后，是曾上广州中山大学去住过一年的；他的重回上海，是在因和顾颉刚起了冲突，脱离中山大学之后；并且因恐受当局的压迫拘捕，其后亦曾在广州闲住了半年以上的时间。

他对于辞去中山大学教职之后，在广州闲住的半年那一节事情，也解释得非常有趣。他说：

"在这半年中，我譬如是一只雄鸡，在和对方呆斗。这呆斗的方式，并不是两边就咬起来，却是振冠击羽，保持着一段相当距离的对视。因为对方的假君子，背后是有政治力量的，你若一经示弱，对方就会用无论那一种卑鄙的手段，来加你以压迫。

"因而有一次，大学里来请我讲演，伪君子正在庆幸机会到了，可以罗织成罪我的证据。但我却不忙不迫的讲了些魏晋人的风度之类，而对于时局和政治，一个字也不曾提起。"

在广州闲住了半年之后，对方的注意力有点松懈了，就是对方的雄鸡，坚忍力有点不能支持了；他就迅速地整顿行李，乘其不备，而离开了广州。

人虽则离开了，但对于代表恶势力而和他反对的人，他却始终不会忘记。所以，他的文章里，无论在

鲁迅与萧伯纳、蔡元培

那一篇，只教用得上去的话，他总不肯放松一着，老会把这代表恶势力的敌人押解出来示众。

对于这一点，我也曾再三的劝他过，劝他不要上当。因为有许多无理取闹，来攻击他的人，都想利用了他来成名。实际上，这一个文坛登龙术，是屡试屡验的法门；过去曾经有不少的青年，因攻击鲁迅而成了名的。但他的解释，却很彻底。他说：

"他们的目的，我当然明了。但我的反攻，却有两种意思。第一，是正可以因此而成全了他们；第二，是也因为了他们，而真理愈得阐发。他们的成名，是烟火似地一时的现象，但真理却是永久的。"

他在上海住下之后，这些攻击他的青年，愈来愈多了。最初，是高长虹等，其次是太阳社的钱杏村等，后来则有创造社的叶灵凤等。他对于这些人的攻击，都三倍四倍地给予了反攻，他的杂文的光辉，也正因了这些不断的搏斗而增加了熟练与光辉。他的全集的十分之六七，是这种搏斗的火花，成绩俱在，在这里可以不必再说。

此外还有些并不对他攻击，而亦受了他的笔伐的人，如张若谷、曾今可等；他对于他们，在酒兴浓溢的时候，老笑着对我说：

"我对他们也并没有什么仇。但因为他们是代表恶势力的缘故，所以我就做了堂·克蓄德，而他们却做了活的风车。"

关于堂·克蓄德这一名词，也是钱杏村他们奉赠给他的。他对这名词并不嫌恶，反而是很喜欢的样子。同样在有一时候，叶灵凤引用了苏俄讥高尔基的

画来骂他，说他是"阴阳面的老人"，他也时常笑着说："他们比得我太大了，我只恐怕承当不起。"

创造社和鲁迅的纠葛，系开始在成仿吾的一篇批评，后来一直地继续到了创造社的被封时为止。

鲁迅对创造社，虽则也时常有讥讽的言语，散发在各杂文里；但根底却并没有恶感。他到广州去之先，就有意和我们结成一条战线，来和反动势力拮抗的；这一段经过，恐怕只有我和鲁迅及景宋女士三人知道。

至于我个人与鲁迅的交谊呢，一则因系同乡，二则因所处的时代，所看的书，和所与交游的友人，都是同一类属的缘故，始终没有和他发生过冲突。

后来，创造社因被王独清挑拨离间，分成了派别，我因一时感情作用，和创造社脱离了关系，在当时，一批幼稚病的创造社同志，都受了王独清等的煽动，与太阳社联合起来攻击鲁迅，但我却始终以为他们的行动是越出了常轨，所以才和他计划出了《奔流》这一个杂志。

《奔流》的出版，并不是想和他们对抗，用意是在想介绍些真正的革命文艺的理论和作品，把那些犯幼稚病的左倾青年，稍稍纠正一点过来。

当编《奔流》的这一段时期，我以为是鲁迅的一生之中，对中国文艺影响最大的一个转变时期。

在这一年当中，鲁迅的介绍左翼文艺的正确理论的一步工作，才开始立下了系统。而他的后半生的工作的纲领，差不多全是在这一个时期里定下来的。

当时在上海负责在做秘密工作的几位同志，大抵都是在我静安寺路的寓居里进出的人；左翼作家联盟，和鲁迅的结合，实际上是我做的媒介。不过，

不是逢人苦誉君　狂禽京侠亦温文　照人胆似秦时月　送我情如岭上云　郁达夫

郁达夫书法

郁达夫写鲁迅

23

左翼成立之后，我却并不愿意参加，原因是因为我的个性是不适合于这些工作的，我对于我自己，认识得很清，决不愿担负一个空名，而不去做实际的事务；所以，左联成立之后，我就在一月之内，对他们公然的宣布了辞职。

但是暗中站在超然的地位，为左联及各工作者的帮忙，也着实不少。除来不及营救，已被他们杀死的许多青年不计外，在龙华，在租界捕房被拘去的许多作家，或则减刑，或则拒绝引渡，或则当时释放等案件，我现在还记得起来的，当不只十件八件的少数。

鲁迅的热心于提拔青年的一件事情，是大家在说的。但他的因此而受痛苦之深刻，却外边很少有人知道。像有些先受他的提拔，而后来却用攻击的方法以成自己的名的事情，还是彰明显著的事实，而另外还有些"挑了一担同情来到鲁迅那里，强迫他出很高的代价"的故事，外边的人，却大抵都不晓得了。在这里，我只举一个例：

在广州的时候，有一位青年的学生，因平时被鲁迅所感化而跟他到了上海。到了上海之后，鲁迅当然也收留他一道住在景云里那一所三层楼的弄堂房子里。但这一位青年，误解了鲁迅的意思，以为他没有儿子——当时海婴还没有生——所以收留自己和他住下，大约总是想把自己当作他的儿子的意思。后来，他又去找了一位女朋友来同住，意思是为鲁迅当儿媳妇的。可是，两人坐食在鲁迅的家里，零用衣饰之类，鲁迅当然是供给不了的；于是这一位自定的鲁迅的子嗣，就发生了很大的不满，要求鲁迅，一定要为他谋一出路。

鲁迅没法子，就来找我，教我为这青年去谋一职业，如报馆校对，书局伙计之类；假使是真的找不到职业，那么亦必须请一家书店或报馆在名义上用他做事，而每月的薪水三四十元，当由鲁迅自己拿出，由我转交给这书局或报馆，作为月薪来发给。

这事我向当时的现代书局说了，已经说定是每月由书局和鲁迅各拿出一半的钱来，使用这一位青年。但正当说好的时候，这一位青年却和爱人脱离了鲁迅而走了。

这一件事情，我记得章锡琛曾在鲁迅去世的时候写过一段短短的文章；但事实却很复杂，使鲁迅为难了好几个月。从这一回事情之后，鲁迅就爱说"青年是挑了一担同情来的"趣话。不过这仅仅是一例，此外，因同情青年的遭遇，而使他受到痛苦的事实还正多着哩！

民国十八年以后，因国共分家的结果，有许多青年，以及正义的斗士，都无故而被牺牲了。此外，还有许多从事革命运动的青年，在南京、上海，以及长江流域的通都大邑里，被捕的，正不知有多少。在上海专为这些革命志士以及失业工人等救济而设的一个团体，是共济会。但这时候，这救济会已经遭了当局之忌，不能公开工作了；所以弄成请了律师，也不能公然出庭，有了店铺作保，也不能去向法庭请求保释的局面。在这时候，带有国际性的民权保障自由大同盟，才在孙夫人（宋庆龄女士）蔡先生（孑民）等的领导之下，在上海成立了起来。鲁迅和我，都是这自由大同盟的发起人，后来也连做了几任的干部，一直到南京的通缉令下来，杨杏佛被暗杀的时候为止。

在这自由大同盟活动的期间，对于平常的集会，总不出席的鲁迅，却于每次开会时一定先期而到；并且对于事务是一向不善处置的鲁迅，将分派给他的事务，也总办得井井有条。从这里，我们又可以看出，鲁迅不仅是一个只会舞文弄墨的空头文学家，对于实务，他原是也具有实际干材的。说到了实务，我又不得不想起我们合编的那一个杂志《奔流》——名义上，虽则是我和他合编的刊物，但关于校对，集稿，算发稿费等琐碎的事务，完全是鲁迅一个人效的劳。

他的做事务的精神，也可以从他的整理书斋，和校阅原稿等小事情上看得出来。一般和我们同时做文字工作的人，在我所认识的中间，大抵十个有九个都是把书斋弄得乱杂无章的。而鲁迅的书斋，却在无论什么时候，都整理得必清必楚。他的校对的稿子，以及他自己的文稿，涂改当然是不免，但总缮写得非常的清楚。

直到海婴长大了，有时候老要跑到他的书斋里去翻弄他的书本杂志之类；当这样的时候，我总看见他含着苦笑，对海婴说："你这小捣乱看好了没有？"海婴含笑走了的时候，他总是一边谈着笑话，一边先把那些搅得零乱的书本子堆叠得好好，然后再来谈天。

记得有一次，海婴已经会得说话的时候了，我到他的书斋去的前一刻，海婴正在那里捣乱，翻看书里的插图。我去的时候，书本子还没有理好。鲁迅一见着我，就大笑着说："海婴这小捣乱，他问我几时死；他的意思是我死了之后，这些书本都应该归他的。"

鲁迅的开怀大笑，我记得要以这一次为最兴高彩烈。听这话的我，一边虽也在高笑，但暗地里一想到了"死"这一个定命，心里总不免有点难过。尤其是像鲁迅这样的人，我平时总不会把死和他联合起来想在一道。就是他自己，以及在旁边也在高笑的景宋女士，在当时当然也对于死这一个观念的极微细的实感都没有的。

这事情，大约是在他去世之前的两三年的时候；到了他死之后，在万国殡仪馆成殓出殡的上午，我一面看到了他的遗容，一面又看见海婴仍是若无其事地在人前穿了小小的丧服在那里快快乐乐地跑，我的心真有点儿绞得难耐。

鲁迅的著作的出版者，谁也知道是北新书局。北新书局的创始人李小峰，本是北大鲁迅的学生；因为孙伏园从《晨报副刊》出来之后，和鲁迅，启明，及语堂等，开始经营《语丝》之发行，当时还没有毕业的李小峰，就做了《语丝》的发行兼管理印刷的出版业者。

北新书局从北平分到上海，大事扩张的时候，所靠的也是鲁迅的几本著作。

后来一年一年的过去，鲁迅的著作也一年一年地多起来了，北新和鲁迅之间的版税交涉，当然成了一个很大的问题。

北新对著作者，平时总只含混地说，每月致送几百元版税，到了三节，便开一清单来报账的。但一则他的每月致送的款项，老要拖欠，再则所报之账，往往不十分清爽。

后来，北新对鲁迅及其他的著作人，简直连月款也不提，节账也不算了。靠版税在上海维持生活的鲁迅，一时当然也破除了情面，请律师和北新提起了清算版税的诉讼。

照北新开给鲁迅的旧账单等来计算，在鲁迅去世的前六七年，早该积欠有两三万元了。这诉讼，当然是鲁迅的胜利，因为欠债还钱，是古今中外一定不易的自然法律。北新看到了这一点，就四出的托人向鲁迅讲情，要请他不必提起诉讼，大家来设法谈判。

当时我在杭州小住，打算把一部不曾写了的《蜃楼》写它完来。但住不上几天，北新就有电报来了，催我速回上海，为这事尽一点力。

后来经过几次的交涉，鲁迅答应把诉讼暂时不提，而北新亦愿意按月摊还积欠两万余元，分十个月还了；新欠则每月致送四百元，决不食言。

这一场事情，总算是这样的解决了；但在事情解决，北新请大家吃饭的那一天晚上，鲁迅和林语堂两人，却因误解而起了正面的冲突。

冲突的原因，是在一个不在场的第三者，也是鲁迅的学生，当时也在经营出版事业的某君。北新方面，满以为这一次鲁迅的提起诉讼，完全系出于这同行第三者的挑拨。而忠厚诚实的林语堂，于席间偶而提起了这一个人的名字。

鲁迅那时，大约也有了一点酒意，一半也疑心语堂在责备这第三者的话，是对鲁迅的讽刺；所以脸色变青，从坐位里站了起来，大声的说：

"我要声明！我要声明！"

他的声明，大约是声明并非由这第三者的某君挑拨的。语堂当然也要声辩他所讲的话，并非是对鲁迅的讽刺；两人针锋相对，形势真弄得非常的险恶。

在这席间，当然只有我起来做和事老；一面按住鲁迅坐下，一面我就拉了语堂和他的夫人，走下了楼。

这事当然是两方的误解，后来鲁迅原也明白了；他和语堂之间，是有过一次和解的。可是到了他去世之前年，又因为劝语堂多翻译一点西洋古典文学到中国来，而语堂说这是老年人做的工作之故，而各起了反感。但这当然也是误解，当鲁迅去世的消息传到当时寄居在美国的语堂耳里的时候，语堂是曾有极悲痛的唁电发来的。

鲁迅住的景云里那一所房子，是在北四川路尽头的西面，去虹口花园很近的地方。因而去狄思威路北的内山书店亦只有几百步路。

书店主人内山完造，在中国先则卖药，后则经营贩卖书籍，前后总已有了二十几年的历史。他生活很简单，懂得生意经，并且也染上了中国人的习气，喜欢讲交情。因此，我们这一批在日本住久的人在上海，总老喜欢到他的店里去坐坐谈谈；鲁迅于在上海住下之后，也就是这内山书店的常客之一。

一二八沪战发生，鲁迅住的那一个地方，去天通庵只有一箭之路，交战的第二日，我们就在担心着鲁迅一家的安危。到了第三日，并且谣言更多了，说和鲁迅同住的三弟巢峰（周建人）被敌宪兵殴伤了，但就在这一个下午，我却在四川路桥南，内山书店的一家分店的楼上，会到了鲁迅。

他那时也听到了这谣传了，并且还在报上看见了我寻他和其他几位住在北四川路的友人的启事。他在这兵荒马乱之间，也依然不消失他那种幽默的微笑；讲到巢峰被殴伤的那一段谣言的时候，还加上了许多我们所不曾听见过的新鲜资料，证明一般空闲人的喜欢造谣生事，乐祸幸灾。

在这中间，我们就开始了向全世界文化人呼吁，出刊物公布暴敌狞恶侵略者面目的工作，鲁迅当然也是签名者之一；他的实际参加联合抗敌的行动，和一班左翼作家的接近，实际上是从这一个时期开始的。

一二八战事过后，他从景云里搬了出来，住在内山书店斜对面的一家大厦的三层楼上；租金比较得贵，生活方式也比较得奢侈，因而一般平时要想寻出一点弱点来攻击他的人，就又像是发掘得了至宝。

但他在那里住得也并不久，到了南京的秘密通缉令下来，上海的反动空气很浓厚的时候，他却搬上了内山书店的北面，新造好的大陆新村（四达里对面）的六十几号房屋去住了。在这里，一直住到了他去世的时候为止。

南京的秘密通缉令，列名者共有六十几个，多半是与民权保障自由大同盟有关的文化人，而这通缉案的呈请者，却是在杭州的浙江省党部的诸先生。

说起杭州，鲁迅绝端的厌恶；这通缉案的呈请者们，原是使他厌恶的原因之一，而对于山水的爱好，别有见解，也是他厌恶杭州的一个原因。

有一年夏天，他曾同许钦文到杭州去玩过一次，但因湖上的闷热，蚊子的众多，饮水的不洁等关系，他在旅馆里一晚没有睡觉，第二天就逃回上海来了。自从这一回之后，他每听见人提起杭州，就要摇头。

后来，我搬到杭州去住的时候，也曾写过一首诗送我，头一句就是"钱王登遐仍如在"；这诗的意思，他曾同我说过，指的是杭州党政诸人的无理的高压。他从五代时的记录里，曾看到过钱武肃王的时候，浙江老百姓被压榨得连裤子都没有得穿，不得不以砖瓦来遮盖下体。这事不知是出在哪一部书里，我到现在也还没有查到，但他的那句诗的原意，却就系指此而言。我因不听他的忠告，终于搬到杭州去住了，结果竟不出他之所料，被一位党部的先生弄得家破人亡；这一位吃党饭出身，积私财至数百万，曾经呈请南京中央党部通缉我们的先生，对我竟做出了比邻人对待我们老百姓还更凶恶的事情，而且还是在这一次的抗战军兴之后。我现在虽则已远离祖国，再也受不到他的奸淫残害的毒爪了；但现在仍还在执掌以礼义廉耻为信条的教育大权的这一位先生，听说近来因天高皇帝远，浑水好捞鱼之故，更加加重了他对老百姓的这一种远溢过钱武肃王的德政。

鲁迅不但对于杭州，并没有好感，就是对他出身地的绍兴，也似乎并没有什么依依不舍的怀恋。这可从有一次他的谈话里看得出来。是他在上海住下不久的时候，有一回我们谈起了前两天刚见过面的孙伏园。他问我伏园住在那里，我说，他已经回绍兴去了，大约总不久就会出来的。鲁迅言下就笑着说:"伏园的回绍兴,实在也很可观!"他的意思,当然是绍兴又凭什么值得这样的频频回去?

所以从他到上海之后,一直到他去世的时候为止,他只匆匆地上杭州去住了一夜,而绝没有回去过绍兴一次。

预言者每不为其故国所容,我于鲁迅更觉得这一句格言的确凿。各地党部的对待鲁迅,自从浙江党部发动了那大弹劾案之后,似乎态度都是一致的。抗战前一年的冬天,我路过厦门,当时有许多厦大同学曾来看我,谈后就说到了厦大门前,经过南普陀的那一条大道,他们想呈请市政府改名"鲁迅路"以资纪念。并且说,这事已经由鲁迅纪念会(主其事的是厦门星光日报社长胡资周及记者们与厦大学生代表等人)呈请过好几次了,但都被搁置着不批下来。我因为和当时的厦门市长及工务局长等都是朋友,所以就答应他们说这事一定可以办到。但后来去市长那里一查问,才知道又是党部在那里反对,绝对不准人们纪念鲁迅。这事情,后来我又同陈主席说了,陈主席当然是表示赞同的。可是,这事还没有办理完成,而抗战军兴,现在并且连厦门这一块土地,也已经沦陷了一年多了。

自从我搬到杭州去住下之后,和他见面的机会,就少了下去,但每一次当我上上海去的中间,无论如何忙,我总抽出一点时间来去和他谈谈,或和他吃一次饭。

而上海的各书店,杂志编辑者,报馆之类,要想拉鲁迅的稿子的时候,也总是要我到上海去和鲁迅交涉的回数多,譬如,黎烈文初编《自由谈》的时候,我就和鲁迅说,我们一定要维持它,因为在中国最老不过的《申报》,也晓得要用新文学了,就是新文学的胜利。所以,鲁迅当时也很起劲,《伪自由书》、《花边文学》集里的有许多短稿,就是这时候的作品。在起初,他的稿子就是由我转交的。

此外,像良友书店,天马书店,以及生活出的《文学》杂志之类,对鲁迅的稿件,开头大抵都是由我为他们拉拢的。尤其是当鲁迅对编辑者们发脾气的时候。做好做歹,仍复替他们调停和解这一角色,总是由我来担当。所以,在杭州住下的两三年中,光是为了鲁迅之故,而跑上海的事情,前后总也有了好多次。

在他去世的前一年春天,我到了福建,这中间,和他见面的机会更加少了。但记得就在他作故的前两个月，我回上海，他曾告诉了我以他的病状，说医生说他的肺不对，他想于秋天到日本去疗养，问我也能够同去不能。我在那时候，也正在想去久别了的日本一次，看看他们最近的社会状态，所以也轻轻谈到了同去岚山看红叶的事情。可是从此一别，我就再也没有和他作长谈的幸运了。

关于鲁迅的回忆，枝枝节节，另外也正还多着；可是他给我的信件之类，有许多已在搬回杭州去之先烧了，有几封在上海北新书局里存着，现在又没有日记在手头，所以就在这里，先暂搁笔，以后若有机会，或许再写也说不定。

（原载一九三九年三月九日上海《宇宙风乙刊》和一九三九年六月至八月新加坡《星洲日报半月刊》）

萧红写鲁迅

◎回忆鲁迅先生

萧红（1911～1942年），笔名萧红、悄吟、玲玲、田娣等，1935年首次以萧红为笔名，出版了小说《生死场》。 萧红出生于黑龙江省呼兰县一个地主家庭，幼年丧母。1930年，为了反对包办婚姻，逃离家庭，困窘间向报社投稿，并因此结识萧军，两人相爱，萧红也从此走上写作之路。1934年到上海，与鲁迅相识，同年完成长篇小说《生死场》，次年在鲁迅帮助下作为"奴隶丛书"之一出版，萧红由此取得了在现代文学史上的地位。《生死场》是最早反映东北人民在日本

萧红

帝国主义统治下生活和斗争的作品之一，引起当时文坛的重视。鲁迅为之作序，给予热情鼓励。1942萧红在香港玛丽医院含恨离世，弥留之际在纸上写下"我将与蓝天碧水永处，留下那半部《红楼》给别人写了"，"半生尽遭白眼冷遇，……身先死，不甘，不甘。"

萧红是二十世纪三十年代成名的青年女作家，是鲁迅的崇拜者，两个人有年龄差距、性别差异，可以说，鲁迅对待萧红差不多就是"俯首甘为孺子牛"了，反过来，萧红对鲁迅的感情也就真挚、热烈。

回忆鲁迅先生

鲁迅先生的笑声是明朗的，是从心里的欢喜。若有人说了什么可笑的话，鲁迅先生笑得连烟卷都拿不住了，常常是笑得咳嗽起来。

鲁迅先生走路很轻捷，尤其使人记得清楚的，是他刚抓起帽子来往头上一扣，同时左腿就伸出去了，仿佛不顾一切的走去。

鲁迅先生不大注意人的衣裳，他说："谁穿什么衣裳我看不见的……"

鲁迅先生生病，刚好了一点，窗子开着，他坐在躺椅上，抽着烟，那天我穿着新奇的火红的上衣，很宽的袖子。

鲁迅先生说："这天气闷热起来，这就是梅雨天。"他把他装在象牙烟嘴上的香烟，又用手装得紧一点，往下又说了别的。

许先生忙着家务跑来跑去，也没有对我的衣裳加以鉴赏。

于是我说："周先生，我的衣裳漂亮不漂亮？"

鲁迅先生从上往下看了一眼："不大漂亮。"

过了一会又加着说："你的裙子配的颜色不对，并不是红上衣不好看，各种颜色都是好看的，红上衣要配红裙子，不然就是黑裙子，咖啡色的就不行了；这两种颜色放在一起很浑浊……你没看到外国人在街上走的吗？绝没有下边穿一件绿裙子，上边穿一件紫上衣，也没有穿一件红裙子而后穿一件白上衣的……"

鲁迅先生就在躺椅上看着我："你这裙子是咖啡色的，还带格子，颜色浑浊得很，所以把红上衣也弄得不漂亮了。"

"……人瘦不要穿黑衣裳，人胖不要穿白衣裳；脚长的女人一定要穿黑鞋子，脚短一定要穿白鞋子；方格子的衣裳胖人不能穿，但比横格子的还好；横格子的，胖人穿上，就把胖人更往两边裂着，更横宽了，胖子要穿竖条子的，竖的把人显得长，横的把人显得宽……"

那天鲁迅先生很有兴致，把我一双短统靴子也略略批评一下，说我的短靴是军人穿的，因为靴子的前后都有一条线织的拉手，这拉手据鲁迅先生说是放在裤子下边的……

我说："周先生，为什么那靴子我穿了多久了而不告诉我，怎么现在才想起来呢？现在我不是不穿了吗？我穿的这不是另外的鞋吗？"

"你不穿我才说的，你穿的时候，一说你该不穿了。"

那天下午要赴一个筵会去，我要许先生给我找一点布条或绸条束一束头发。许先生拿了来米色的绿色的还有桃红色的。经我和许先生共同选定的是米色的。为着取笑，把那桃红色的，许先生举起来放在我的头发上，并且许先生很开心的说着："好看吧！多漂亮！"

我也非常得意，很规矩又顽皮的在等着鲁迅先生往这边看我们。

鲁迅先生这一看，他就生气了，他的眼皮往下一放向我们这边看着："不要那样装饰她……"

许先生有点窘了。

我也安静下来。

鲁迅先生在北平教书时，从不发脾气，但常常好用这种眼光看人，许先生常跟我讲，她在女师大读书时，周先生在课堂上，一生气就用眼睛往下一掠，看着她们，这种眼光鲁迅先生在记范爱农先生的文字里曾自己述说过，而谁曾接触过这种眼光的人就会感到一个旷代的全智者的催逼。

我开始问："周先生怎么也晓得女人穿衣裳的这些事情呢？"

"看过书的，关于美学的。"

"什么时候看的……"

"大概是在日本读书的时候……"

"买的书吗？"

"不一定是买的，也许是从什么地方抓到就看的……"

"看了有趣味吗？"

"随便看看……"

"周先生看这书做什么？"

"……"没有回答，好像很难以答。

许先生在旁说："周先生什么书都看的。"

在鲁迅先生家里做客人，刚开始是从法租界来到虹口，搭电车也要差不多一个钟头的工夫，所以那时候来的次数比较少，还记得有一次谈到半夜了，一过十二点电车就没有的，但那天不知讲了些什么，讲到一个段落就看看旁边小长桌上的圆钟，十一点半了，十一点四十五分了，电车没有了。

"反正已十二点，电车已没有，那么再坐一会。"许先生如此劝着。

鲁迅先生好像听了所讲的什么引起了幻想，安顿地举着象牙烟嘴在沉思着。

一点钟以后，送我（还有别的朋友）出来的是许先生，外边下着蒙蒙的小雨，弄堂里灯光全然灭掉了，鲁迅先生嘱咐许先生一定让坐小汽车回去，并且一定嘱咐许先生付钱。

以后也住到北四川路来，就每夜饭后必到大陆新村来了，刮风的天，下雨的天，几乎没有间断的时候。

鲁迅先生很喜欢北方饭，还喜欢吃油炸的东西，喜欢吃硬的东西，就是后来生病的时候，也不大吃牛奶。鸡汤端到旁边用调羹舀了一二下就算了事。

有一天约好我去包饺子吃，那还是住在法租界，所以带了外国酸菜和用绞肉机绞成的牛肉，就和许先生站在客厅后边的方桌边包起来，海婴公子围着闹得起劲，一会把按成圆饼的面拿去了，他说做了一只船来，送在我们的眼前，我们不看它，转身他又做了一只小鸡，许先生和我都不去看它，对他竭力避免加以赞美，若一赞美起来，怕他更做得起劲。

客厅后没到黄昏就先黑了，背上感到些微微的寒凉，知道衣裳不够了，但为着忙，没有加衣裳去。等把饺子包完了看看那数目并不多，这才知道许先生我们谈话谈得太多，误了工作。许先生怎样离开家的，怎样到天津读书的，在女师大读书时怎样做了家庭教师。她去考家庭教师的那一段描写，非常有趣，只取一名，可是考了好几十名，她之能

1931年鲁迅、许广平与周海婴合影

鲁迅、许广平与周海婴

够当选算是难的了。指望对于学费有一点补足，冬天来了，北平又冷，那家离学校又远，每月除了车子钱之外，若伤风感冒还得自己拿出买阿司匹林的钱来，每月薪金十元要从西城跑到东城……

饺子煮好，一上楼梯，就听到楼上明朗的鲁迅先生的笑声冲下楼梯来，原来有几个朋友在楼上也正谈得热闹。那一天吃得是很好的。

以后我们又做过韭菜合子，又做过合叶饼，我一提议鲁迅先生必然赞成，而我做得又不好，可是鲁迅先生还是在饭桌上举着筷子问许先生："我再吃几个吗？"

因为鲁迅先生的胃不大好，每饭后必吃脾自美胃药丸一二粒。

有一天下午鲁迅先生正在校对着瞿秋白的《海上述林》，我一走进卧室去，从那圆转椅上鲁迅先生转过来了，向着我，还微微站起了一点。

"好久不见，好久不见。"一边说着一边向我点头。

刚刚我不是来过了吗？怎么会好久不见？就是上午我来的那次周先生忘记了，可是我也每天来呀……怎么都忘记了吗？

周先生转身坐在躺椅上才自己笑起来，他是在开着玩笑。

梅雨季，很少有晴天，一天的上午刚一放晴，我高兴极了，就到鲁迅先生家去了，跑得上楼还喘着。鲁迅先生说："来啦！"

我说："来啦！"

我喘着连茶也喝不下。

鲁迅先生就问我："有什么事吗？"

我说："天晴啦，太阳出来啦。"

许先生和鲁迅先生都笑着，一种对于冲破忧郁心境的展然的会心的笑。

海婴一看到我非拉我到院子里和他一道玩不可，拉我的头发或拉我的衣裳。

为什么他不拉别人呢？据周先生说："他看你梳着辫子，和他差不多，别人在他眼里都是大人，就看你小。"

许先生问着海婴："你为什么喜欢她呢？不喜欢别人？"

“她有小辫子。”说着就来拉我的头发。

　　鲁迅先生家里生客人很少，几乎没有，尤其是住在他家里的人更没有。一个礼拜六的晚上，在二楼上鲁迅先生的卧室里摆好了晚饭，围着桌子坐满了人。每逢礼拜六晚上都是这样的，周建人先生带着全家来拜访的。在桌子边坐着一个很瘦的很高的穿着中国小背心的人，鲁迅先生介绍说：“这是位同乡，是商人。”

　　初看似乎对的，穿着中国裤子，头发剃得很短。当吃饭时，他还让别人酒，也给我倒一盅，态度很活泼，不大像个商人；等吃完了饭，又谈到《伪自由书》及《二心集》。这个商人，开明得很，在中国不常见，没有见过的，就总不大放心。

　　下一次是在楼下客厅后的方桌上吃晚饭，那天很晴，一阵阵的刮着热风，虽然黄昏了，客厅后还不昏黑。鲁迅先生是新剪的头发，还能记得桌上有一碗黄花鱼，大概是顺着鲁迅先生的口味，是用油煎的。鲁迅先生前面摆着一碗酒，酒碗是扁扁的，好像用做吃饭的饭碗。那位商人先生也能喝酒，酒瓶手就站在他的旁边。他说蒙古人什么样，苗人什么样，从西藏经过时，那西藏女人见了男人追她，她就如何如何。

　　这商人可真怪，怎么专门走地方，而不做买卖？并且鲁迅先生的书他也全读过，一开口这个，一开口那个。并且海婴叫他×先生①，我一听那×字就明白他是谁了。×先生常常回来得很迟，从鲁迅先生家里出来，在弄堂里遇到了几次。

　　有一天晚上×先生从三楼下来，手里提着小箱子，身上穿着长袍子，站在鲁迅先生的面前，他说他要搬了。他告了辞，许先生送他下楼去了。这时候周先生在地板上绕了两个圈子，问我说：“你看他到底是商人吗？”

　　“是的。”我说。

　　鲁迅先生很有意思的在地板上走几步，而后向我说：“他是贩卖私货的商人，是贩卖精神上的……”

　　×先生走过二万五千里回来的。

　　青年人写信，写得太草率，鲁迅先生是深恶痛绝之的。

---

① 即冯雪峰。——编者注

"字不一定要写得好，但必须得使人一看了就认识，青年人现在都太忙了……他自己赶快胡乱写完了事，别人看了三遍五遍看不明白，这费了多少工夫，他不管。反正这费的工夫不是他的。这存心是不太好的。"

但他还是展读着每封由不同角落里投来的青年的信，眼睛不济时，便戴起眼镜来看，常常看到夜里很深的时光。

鲁迅先生坐在××电影院楼上的第一排，那片名忘记了，新闻片是苏联纪念五一节的红场。

"这个我怕看不到的……你们将来可以看得到。"鲁迅先生向我们周围的人说。

珂勒惠支的画，鲁迅先生最佩服，同时也很佩服她的做人，珂勒惠支受希特勒的压迫，不准她做教授，不准她画画，鲁迅先生常讲到她。

史沫特烈，鲁迅先生也讲到，她是美国女子，帮助印度独立运动，现在又在援助中国。

鲁迅先生介绍给人去看的电影：《夏伯阳》，《复仇艳遇》……其余的如《人猿泰山》……或者非洲的怪兽这一类的影片，也常介绍给人的。鲁迅先生说："电影没有什么好看的，看看鸟兽之类倒可以增加些对于动物的知识。"

鲁迅先生不游公园，住在上海十年，兆丰公园没有进过。虹口公园这么近也没有进过。春天一到了，我常告诉周先生，我说公园里的土松软了，公园里的风多么柔和。周先生答应选个晴好的天气，选个礼拜日，海婴休假日，好一道去，坐一乘小汽车一直开到兆丰公园，也算是短途旅行，但这只是想着而未有做到，并且把公园给下了定义。鲁迅先生说："公园的样子我知道的……一进门分做两条路，一条通左边，一条通右边，沿着路种着点柳树什么树的，树下摆着几张长椅子，再远一点有个水池子。"

我是去过兆丰公园的，也去过虹口公园或是法国公园的，仿佛这个定义适用在任何国度的公园设计者。

鲁迅先生不戴手套，不围围巾，冬天穿着黑石蓝的棉布袍子，头上戴着灰色毡帽，脚穿黑帆布胶皮底鞋。

胶皮底鞋夏天特别热，冬天又凉又湿，鲁迅先生的身体不算好，大家都提议把这鞋子换掉。鲁迅先生不肯，他说胶皮底鞋子走路方便。

"周先生一天走多少路呢？也不就一转弯到××书店①走一趟吗？"

鲁迅、许广平与周海婴

鲁迅先生笑而不答。

"周先生不是很好伤风吗？不围巾子，风一吹不就伤风了吗？"

鲁迅先生这些个都不习惯，他说："从小就没戴过手套围巾，戴不惯。"

鲁迅先生一推开门从家里出来时，两只手露在外边，很宽的袖口冲着风就向前走，腋下挟着个黑绸子印花的包袱，里边包着书或者是信，到老靶子路书店去了。

那包袱每天出去必带出去，回来必带回来。出去时带着回给青年们的信，回来又从书店带来新的信和青年请鲁迅先生看的稿子。

鲁迅先生抱着印花包袱从外边回来，还提着一把伞，一进门客厅里早坐着客人，把伞挂在衣架上就陪客人谈起话来。谈了很久了，伞上的水滴顺着伞杆在地板上已经聚了一堆水。

鲁迅先生上楼去拿香烟，抱着印花包袱，而那把伞也没有忘记，顺手也带到楼上去。

鲁迅先生的记忆力非常之强，他的东西从不随便散置在任何地方。

鲁迅先生很喜欢北方口味。许先生想请一个北方厨子，鲁迅先生以为开销太大，请不得的，男用人，至少要十五元钱的工钱。

所以买米买炭都是许先生下手。我问许先生为什么用两个女用人都是年老的，都是六七十岁的？许先生说她们做惯了，海婴的保姆，海婴几个月时就在这里。

正说着那矮胖胖的保姆走下楼梯来了，和我们打了个迎面。

"先生，没吃茶吗？"她赶快拿了杯子去倒茶，那刚刚下楼时气喘的声音

———————
① 即内山书店。——编者注

还在喉管里咕噜咕噜的，她确是年老了。

来了客人，许先生没有不下厨房的，菜食很丰富，鱼，肉……都是用大碗装着，起码四五碗，多则七八碗。可是平常就只三碗菜：一碗素炒豌豆苗，一碗笋炒咸菜，再一碗黄花鱼。

这菜简单到极点。

鲁迅先生的原稿，在拉都路①一家炸油条的那里用着包油条，我得到了一张，是译《死魂灵》的原稿②，写信告诉了鲁迅先生。鲁迅先生不以为希奇，许先生倒很生气。

鲁迅先生出书的校样，都用来揩桌子，或做什么的。请客人在家里吃饭，吃到半道，鲁迅先生回身去拿来校样给大家分着，客人接到手里一看，这怎么可以？鲁迅先生说：

"擦一擦，拿着鸡吃，手是腻的。"

到洗澡间去，那边也摆着校样纸。

许先生从早晨忙到晚上，在楼下陪客人，一边还手里打着毛线。不然就是一边谈着话一边站起来用手摘掉花盆里花上已干枯了的叶子。许先生每送一个客人，都要送到楼下门口，替客人把门开开，客人走出去而后轻轻的关了门再上楼来。

来了客人还要到街上去买鱼或买鸡，买回来还要到厨房里去工作。

鲁迅先生临时要寄一封信，就得许先生换起皮鞋子来到邮局或者大陆新村旁边的信筒那里去。落着雨的天，许先生就打起伞来。

许先生是忙的，许先生的笑是愉快的，但是头发有些是白了的。

夜里去看电影，施高塔路的汽车房只有一辆车，鲁迅先生一定不坐，一定让我们坐。许先生，周建人夫人……海婴，周建人先生的三位女公子。我们上车了。

鲁迅先生和周建人先生，还有别的一二位朋友在后边。

看完了电影出来，又只叫到一部汽车，鲁迅先生又一定不肯坐，让周建人

---

① 即现在的襄阳路。——编者注
② 这里是作者误记。作者所得到的其实是鲁迅翻译《表》的原稿。参见许广平著《关于鲁迅的生活》。
　　——编者注

先生的全家坐着先走了。

　　鲁迅先生旁边走着海婴，过了苏州河的大桥去等电车去了。等了二三十分钟电车还没有来，鲁迅先生依着沿苏州河的铁栏杆坐在桥边的石围上了，并且拿出香烟来，装上烟嘴，悠然的吸着烟。

　　海婴不安地来回乱跑，鲁迅先生还招呼他和自己并排的坐下。

　　鲁迅先生坐在那儿和一个乡下的安静老人一样。

　　鲁迅先生吃的是清茶，其余不吃别的饮料。咖啡、可可、牛奶、汽水之类，家里都不预备。

　　鲁迅先生陪客人到夜深，必同客人一道吃些点心，那饼干就是从铺子里买来的，装在饼干盒子里，到夜深许先生拿着碟子取出来，摆在鲁迅先生的书桌上。吃完了，许先生打开立柜再取一碟，还有向日葵子差不多每来客人必不可少。鲁迅先生一边抽着烟，一边剥着瓜子吃，吃完了一碟鲁迅先生必请许先生再拿一碟来。

　　鲁迅先生备有两种纸烟，一种价钱贵的，一种便宜的，便宜的是绿听子的，我不认识那是什么牌子，只记得烟头上带着黄纸的嘴，每五十支的价钱大概是四角到五角，是鲁迅先生自己平日用的。另一种是白听子的，是前门烟，用来招待客人的，白烟听放在鲁迅先生书桌的抽屉里。来客人鲁迅先生下楼，把它带到楼下去，客人走了，又带回楼上来照样放在抽屉里。而绿听子的永远放在书桌上，是鲁迅先生随时吸着的。

　　鲁迅先生的休息，不听留声机，不出去散步，也不倒在床上睡觉，鲁迅先生自己说："坐在椅子上翻一翻书就是休息了。"

　　鲁迅先生从下午两三点钟起就陪客人，陪到五点钟，陪到六点钟，客人若在家吃饭，吃过饭又必要在一起喝茶，或者刚刚吃完茶走了，或者还没走就又来了客人，于是又陪下去，陪到八点钟，十点钟，常常陪到十二点钟。从下午两三点钟起，陪到夜里十二点，这么长的时间，鲁迅先生都是坐在藤躺椅上，不断地吸着烟。

　　客人一走，已经是下半夜了，本来已经是睡觉的时候了，可是鲁迅先生正要开始工作。在工作之前，他稍微阖一阖眼睛，燃起一支烟来，躺在床边上，这一支烟还没有吸完，许先生差不多就在床里边睡着了。（许先生为什么睡得这样快？因为第二天早晨六七点钟就要来管理家务。）海婴这时也在三楼和保姆一道睡着了。

　　全楼都寂静下去，窗外也是一点声音没有了，鲁迅先生站起来，坐到书桌边，在那绿色的台灯下开始写文章了。

　　许先生说鸡鸣的时候，鲁迅先生还是坐着，街上的汽车嘟嘟地叫起来了，鲁迅先生还是坐着。

　　有时许先生醒了，看着玻璃窗白萨萨的了，灯光也不显得怎样亮了，鲁迅先生的背影不像夜里那样黑大。

　　鲁迅先生的背影是灰黑色的，仍旧坐在那里。

　　人家都起来了，鲁迅先生才睡下。

　　海婴从三楼下来了，背着书包，保姆送他到学校去，经过鲁迅先生的门前，保姆总是吩咐他说："轻一点走，轻一点走。"

　　鲁迅先生刚一睡下，太阳就高起来了，太阳照着隔院子的人家，明亮亮的；照着鲁迅先生花园的夹竹桃，明亮亮的。

　　鲁迅先生的书桌整整齐齐的，写好的文章压在书下边，毛笔在烧瓷的小龟背上站着。

　　一双拖鞋停在床下，鲁迅先生在枕头上边睡着了。

　　鲁迅先生喜欢吃一点酒，但是不多吃，吃半小碗或一碗。鲁迅先生吃的是中国酒，多半是花雕。

　　老靶子路有一家小吃茶店，只有门面一间，在门面里边设座，座少，安静，光线不充足，有些冷落。鲁迅先生常到这吃茶店来，有约会多半是在这里边，老板是犹太也许是白俄，胖胖的，中国话大概他听不懂。

　　鲁迅先生这一位老人，穿着布袍子，有时到这里来，泡一壶红茶，和青年人坐在一道谈了一两个钟头。

　　有一天鲁迅先生的背后那茶座里边坐着一位摩登女子，身穿紫裙子黄衣裳，头戴花帽子……那女子临走时，鲁迅先生一看她，就用眼瞪着她，很生气地看了她半天。而后说："是做什么的呢？"

鲁迅先生对于穿着紫裙子黄衣裳，戴花帽子的人就是这样看法的。

鬼到底是有的是没有的？传说上有人见过，还跟鬼说过话，还有人被鬼在后边追赶过，吊死鬼一见了人就贴在墙上。但没有一个人捉住一个鬼给大家看看。

鲁迅先生讲了他看见过鬼的故事给大家听："是在绍兴……"鲁迅先生说，"三十年前……"

那时鲁迅先生从日本读书回来，在一个师范学堂里也不知是什么学堂里教书，晚上没有事时，鲁迅先生总是到朋友家去谈天。这朋友住得离学堂几里路，几里路不算远，但必得经过一片坟地。谈天有的时候就谈得晚了，十一二点钟才回学堂的事也常有，有一天鲁迅先生就回去得很晚，天空有很大的月亮。

鲁迅先生向着归路走得很起劲时，远远有一个白影。

鲁迅先生不相信鬼的，在日本留学时是学的医，常常把死人抬来解剖的，鲁迅先生解剖过二十几个，不但不怕鬼，对死人也不怕，所以对于坟地也就根本不怕。仍旧是向前走的。

走了不几步，那远处的白影没有了，再看突然又有了。并且时小时大，时高时低，正和鬼一样。鬼不就是变换无常的吗？鲁迅先生有点踌躇了，到底向前走呢？还是回过头来走？本来回学堂不止这一条路，这不过是最近的一条就是了。

鲁迅先生仍是向前走，到底要看一看鬼是什么样，虽然那时候也怕了。

鲁迅先生那时从日本回来不久，所以还穿着硬底皮鞋。鲁迅先生决心要给那鬼一个致命的打击，等走到那白影的旁边时，那白影缩小了，蹲下了，一声不响地靠住了一个坟堆。

鲁迅先生就用了他的硬皮鞋踢了出去。

那白影噢的一声叫出来，随着就站起来，鲁迅先生定眼看去，他却是个人。

鲁迅先生说在他踢的时候，他是很害怕的，好像若一下不把那东西踢死，自己反而会遭殃的，所以用了全力踢出去。

萧红写鲁迅

原来是个盗墓子的人在坟场上半夜做着工作。

鲁迅先生说到这里就笑了起来。

病中的鲁迅

"鬼也是怕踢的，踢他一脚就立刻变成人了。"

我想，倘若是鬼常常让鲁迅先生踢踢倒是好的，因为给了他一个做人的机会。

从福建菜馆叫的菜，有一碗鱼做的丸子。

海婴一吃就说不新鲜，许先生不信，别的人也都不信。因为那丸子有的新鲜，有的不新鲜，别人吃到嘴里的恰好都是没有改味的。

许先生又给海婴一个，海婴一吃，又是不好的，他又嚷嚷着。别人都不注意，鲁迅先生把海婴碟里的拿来尝尝。果然不是新鲜的。鲁迅先生说：

"他说不新鲜，一定也有他的道理，不加以查看就抹杀是不对的。"

…………

以后我想起这件事来，私下和许先生谈过，许先生说："周先生的做人，真是我们学不了的。那怕一点点小事。"

鲁迅先生包一个纸包也要包得整整齐齐，常常把要寄出的书，鲁迅先生从许先生手里拿过来自己包，许先生本来包得多么好，而鲁迅先生还要亲自动手。

鲁迅先生把书包好了，用细绳捆上，那包方方正正的，连一个角也不准歪一点或扁一点，而后拿起剪刀，把捆书的那绳头都剪得整整齐齐。

就是包这书的纸都不是新的，都是从街上买东西回来留下来的。许先生上街回来把买来的东西一打开随手就把包东西的牛皮纸折起来，随手把小细绳圈了一个圈，若小细绳上有一个疙瘩，也要随手把它解开的。准备着随时用随时方便。

鲁迅先生住的是大陆新村九号。

一进弄堂口，满地铺着大方块的水门汀，院子里不怎样嘈杂，从这院子出入的有时候是外国人，也能够看到外国小孩在院子里零星的玩着。

鲁迅先生隔壁挂着一块大的牌子，上面写着一个"茶"字。

在一九三五年十月一日。

鲁迅先生的客厅摆着长桌，长桌是黑色的，油漆不十分新鲜，但也并不破旧，桌上没有铺什么桌布，只在长桌的当心摆着一个绿豆青色的花瓶，花瓶里长着几株大叶子的万年青，围着长桌有七八张木椅子。尤其是在夜里，全弄堂一点什么声音也听不到。

那夜，就和鲁迅先生和许先生一道坐在长桌旁边喝茶的。当夜谈了许多关于伪满洲国的事情，从饭后谈起，一直谈到九点钟十点钟而后到十一点，时时想退出来，让鲁迅先生好早点休息，因为我看出来鲁迅先生身体不大好，又加上听许先生说过，鲁迅先生伤风了一个多月，刚好了的。

但鲁迅先生并没有疲倦的样子。虽然客厅里也摆着一张可以卧倒的藤椅，我们劝他几次想让他坐在藤椅上休息一下，但是他没有去，仍旧坐在椅子上。并且还上楼一次，去加穿了一件皮袍子。

那夜鲁迅先生到底讲了些什么，现在记不起来了。也许想起来的不是那夜讲的而是以后讲的也说不定。过了十一点，天就落雨了，雨点淅淅沥沥地打在玻璃窗上，窗子没有窗帘，所以偶一回头，就看到玻璃窗上有小水流往下流。夜已深了，并且落了雨，心里十分着急，几次站起来想要走，但是鲁迅先生和许先生一再说再坐一下："十二点以前终归有车子可搭的。"所以一直坐到将近十二点，才穿起雨衣来，打开客厅外面的响着的铁门，鲁迅先生非要送到铁门外不可。我想为什么他一定要送呢？对于这样年轻的客人，这样的送是应该的么？雨不会打湿了头发，受了寒伤风不又要继续下去吗？站在铁门外边，鲁迅先生说，并且指着隔壁那家写着有"茶"字的大牌子："下次来记住这个'茶'，就是这个'茶'的隔壁。"而且伸出手去，几乎是触到了钉在铁门旁边的那个九号的"九"字，"下次来记住茶的旁边九号。"

于是脚踏着方块的水门汀，走出弄堂来，回过身去往院子里边看了一看，鲁迅先生那一排房子统统是黑洞洞的，若不是告诉得那样清楚，下次来恐怕要记不住的。

鲁迅先生的卧室，一张铁架大床，床顶上遮着许先生亲手做的白布刺花的围子，顺着床的一边折着两床被子，都是很厚的，是花洋布的被面。挨着门口的床头的方面站着抽屉柜。一进门的左手摆着八仙桌，桌子的两旁藤椅各一，立柜站在和方桌一排的墙角，立柜本是挂衣服的，衣裳却很少，都让糖盒子，饼干筒子，瓜子罐给塞满了。有一次××[1]老板的太太来拿版权的图章花，鲁迅先生就从立柜下边大抽屉里取出的。沿着墙角往窗子那边走，有一张装饰台，台子上有一个方形的满浮着绿草的玻璃养鱼池，里边游着的不是金鱼而是灰色的扁肚子的小鱼，除了鱼池之外另有一只圆的表，其余那上边满装着书。

---

[1]　即李小峰。——编者注

萧红和萧军

铁架床靠窗子的那头的书柜里书柜外都是书。最后是鲁迅先生的写字台，那上边也都是书。

鲁迅先生家里，从楼上到楼下，没有一个沙发。鲁迅先生工作时坐的椅子是硬的，休息时的藤椅是硬的，到楼下陪客人时坐的椅子又是硬的。

鲁迅先生的写字台面向着窗子，上海弄堂房子的窗子差不多满一面墙那么大，鲁迅先生把它关起来，因为鲁迅先生工作起来有一个习惯，怕吹风，他说，风一吹，纸就动，时时防备着纸跑，文章就写不好。所以屋子热得和蒸笼似的，请鲁迅先生到楼下去，他又不肯，鲁迅先生的习惯是不换地方。有时太阳照进来，许先生劝他把书桌移开一点都不肯。只有满身流汗。

鲁迅先生的写字桌，铺了张蓝格子的油漆布。四角都用图钉按着。桌子上有小砚台一方，墨一块，毛笔站在笔架上。笔架是烧瓷的，在我看来不很细致，是一个龟，龟背上带着好几个洞，笔就插在那洞里。鲁迅先生多半是用毛笔的，钢笔也不是没有，是放在抽屉里。桌上有一个方大的白瓷的烟灰盒，还有一个茶杯，杯子上戴着盖。

鲁迅先生的习惯与别人不同，写文章用的材料和来信都压在桌子上，把桌子都压得满满的，几乎只有写字的地方可以伸开手，其余桌子的一半被书或纸张占有着。左手边的桌角上有一个带绿灯罩的台灯，那灯泡是横着装的，在上海那是极普通的台灯。

冬天在楼上吃饭，鲁迅先生自己拉着电线把台灯的机关从棚顶的灯头上拔下，而后装上灯泡子。等饭吃过了，许先生再把电线装起来，鲁迅先生的台灯就是这样做成的，拖着一根长的电线在棚顶上。

鲁迅先生的文章，多半是从这台灯下写的。因为鲁迅先生的工作时间，多半是下半夜一两点起，天将明了休息。

卧室就是如此，墙上挂着海婴公子一个月婴孩的油画像。

挨着卧室的后楼里边，完全是书了，不十分整齐，报纸和杂志或洋装的书，都混在这间屋子里，一走进去多少还有些纸张气味。地板被书遮盖得太小了，几乎没有了，大网篮也堆在书中。墙上拉着一条绳子或者是铁丝，就在那上边系了小提盒，铁丝笼之类；风干荸荠就盛在铁丝笼，扯着的那铁丝几乎被压断了在弯弯着。一推开藏书室的窗子，窗子外边还挂着一筐风干荸荠。

"吃吧，多得很，风干的，格外甜。"许先生说。

楼下厨房传来了煎菜的锅铲的响声，并且两个年老的娘姨慢重重地在讲一些什么。

厨房是家里最热闹的一部分。整个三层楼都是静静的。喊娘姨的声音没有，在楼梯上跑来跑去的声音没有。鲁迅先生家里五六间房子只住着五个人，三位是先生的全家，余下的二位是年老的女佣人。

来了客人都是许先生亲自倒茶，即或是麻烦到娘姨时，也是许先生下楼去吩咐，绝没有站到楼梯口就大声呼唤的时候。所以整个的房子都在静悄悄之中。

只有厨房比较热闹了一点，自来水花花的流着，洋瓷盆在水门汀的水池子上每拖一下磨着擦擦的响，洗米的声音也是擦擦的。鲁迅先生很喜欢吃竹笋的，在菜板上切着笋片笋丝时，刀刃每划下去都是很响的。其实比起别人家的厨房来却冷清极了，所以洗米声和切笋声都分开来听得样样清清晰晰。

客厅的一边摆着并排的两个书架，书架是带玻璃橱的，里边有朵斯托益夫斯基的全集和别的外国作家的全集，大半多是日文译本，地板上没有地毯，但擦得非常干净。

海婴公子的玩具橱也站在客厅里，里边是些毛猴子，橡皮人，火车汽车之类，里边装得满满的，别人是数不清的，只有海婴自己伸手到里边找什么就有什么。过新年时在街上买的兔子灯，纸毛上已经落了灰尘了，仍摆在玩具橱顶上。

客厅只有一个灯头，大概五十烛光。客厅的后门对着上楼的楼梯，前门一打开有一个一方丈大小的花园，花园里没有什么花看，只有一棵很高的七八尺高的小树，大概那树是柳桃，一到了春天，喜欢生长蚜虫，忙得许先生拿着喷蚊虫的机器，一边陪着谈话，一边喷着杀虫药水。沿了墙根，种了一排玉米，许先生说："这玉米长不大的，这土是没有养料的，海婴一定要种。"

春天，海婴在花园里掘着泥沙，培植着各种玩艺。

三楼则特别静了，向着太阳开着两扇玻璃门，门外有一个水门汀的突出的小廊子，春天很温暖地抚摸着门口长垂着的帘子，有时候帘子被风打得很高，飘扬的饱满得和大鱼泡似的，那时候隔院的绿树照进玻璃门扇里来了。

海婴坐在地板上装着小工程师在修着一座楼房，他那楼房是用椅子横倒了架起来修的，而后遮起一张被单来算做屋瓦，全个房子在他自己拍着手的赞誉声中完成了。

这间屋感到些空旷和寂寞，既不像女工住的屋子，又不像儿童室。海婴的眠床靠着屋子的一边放着那大圆顶帐子，日里也不打起来，长拖拖的好像从栅顶一直拖到地板上，那床是非常讲究的属于刻花的木器一类的。许先生讲过，租这房子时，从前一个房客转留下来的。海婴和他的保姆，就睡在五六尺宽的大床上。

冬天烧过的火炉，三月里还冷冰冰的在地板上站着。

海婴不大在三楼上玩的，除了到学校去，就是在院里踏脚踏车，他非常喜欢跑跳，所以厨房，客厅，二楼，他是无处不跑的。

三楼整天在高处空着，三楼的后楼住着另一个老女工，一天很少上楼来，所以楼梯擦过之后，一天到晚干净得溜明。

一九三六年三月里鲁迅先生病了，靠在二楼的躺椅上，心脏跳动得比平日厉害，脸色略微灰了一点。

许先生正相反的，脸色是红的，眼睛显得大了，讲话的声音是平静的，态度并没有比平日慌张。在楼下，一走进客厅来许先生就告诉说：

"周先生病了，气喘……喘得厉害，在楼上靠在躺椅上。"

鲁迅先生呼喘的声音，不用走到他的旁边，一进了卧室就听得到的。鼻子和胡须在煽着，胸部一起一落。眼睛闭着，差不多永久不离开手的纸烟，也放弃了。藤躺椅后边靠着枕头，鲁迅先生的头有些向后，两只手空闲地垂着。眉头仍和平日一样没有聚皱，脸上是平静的，舒展的，似乎并没有任何痛苦加在身上。

"来了吗？"鲁迅先生睁一睁眼睛，"不小心，着了凉……呼吸困难……到藏书的房子去翻一翻书……那房子因为没有人住，特别凉……回来就……"

许先生看周先生说话吃力，赶紧接着说周先生是怎样气喘的。

医生看过了，吃了药，但喘并未停。下午医生又来过，刚刚走。

卧室在黄昏里边一点一点的暗下去，外边起了一点小风，隔院的树被风摇着发响。别人家的窗子有的被风打着发出自动关开的响声，家家的流水道都是花拉花拉的响着水声，一定是晚餐之后洗着杯盘的剩水。晚餐后该散步的散步去了，该会朋友的会友去了，弄堂里来去的稀疏不断的走着人，而娘姨们还没有解掉围裙呢，就依着后门彼此搭讪起来。小孩子们三五一伙前门后门地跑着，弄堂外汽车穿来穿去。

鲁迅先生坐在躺椅上，沉静的，不动的阖着眼睛，略微灰了的脸色被炉里的火光染红了一点。纸烟听子蹲在书架上，盖着盖子，茶杯也蹲在桌子上。

许先生轻轻地在楼梯上走着，许先生一到楼下去，二楼就只剩了鲁迅先生一个人坐在椅子上，呼喘把鲁迅先生的胸部有规律性的抬得高高的。

鲁迅先生必得休息的，须藤医生是这样说的。可是鲁迅先生从此不但没有休息，并且脑子里所想的更多了，要做的事情都像非立刻就做不可，校《海上述林》的校样，印珂勒惠支的画，翻译《死魂灵》下部；刚好了，这些就都一起开始了，还计算着出三十年集。

鲁迅先生感到自己的身体不好，就更没有时间注意身体，所以要多做，赶快做。当时大家不解其中的意思，都以为鲁迅先生不加以休息不以为然，后来读了鲁迅先生《死》的那篇文章才了然了。

鲁迅先生知道自己的健康不成了，工作的时间没有几年了，死了是不要紧的，只要留给人类更多，鲁迅先生就是这样。

不久书桌上德文字典和日文字典都摆起来了，果戈里的《死魂灵》，又开始翻译了。

鲁迅先生的身体不大好，容易伤风，伤风之后，照常要陪客人，回信，校稿子。所以伤风之后总要拖下去一个月或半个月的。

瞿秋白的《海上述林》校样，一九三五年冬，一九三六年的春天，鲁迅先生不断地校着，几十万字的校样，要看三遍，而印刷所送校样来总是十页八页的，并不是统统一道地送来，所以鲁迅先生不断地被这校样催索着，鲁迅先生竟说："看吧，一边陪着你们谈话，一边看校样的，眼睛可以看，耳朵可以听……"

有时客人来了，一边说着笑话，鲁迅先生一边放下了笔，有的时候也说："就剩几个字了……请坐一坐……"

一九三六年冬天许先生说："周先生的身体是不如从前了。"

有一次鲁迅先生到饭馆里去请客，来的时候兴致很好，还记得那次吃了一只烤鸭子，整个的鸭子用大钢叉子叉上来时，大家看着这鸭子烤的又油又亮的，鲁迅先生也笑了。

菜刚上满了，鲁迅先生就到竹躺椅上吸一支烟，并且阖一阖眼睛。一吃完了饭，有的喝了酒的，大家都乱闹了起来，彼此抢着苹果，彼此讽刺着玩，说着一些刺人可笑的话，而鲁迅先生这时候，坐在躺椅上，阖着眼睛，很庄严地在沉默着，让拿在手上纸烟的烟丝，慢慢的上升着。

别人以为鲁迅先生也是喝多了酒吧！

许先生说，并不是的。

"周先生的身体是不如从前了，吃过了饭总要阖一阖眼稍微休息一下，从前一向没有这习惯。"

周先生从椅子上站起来了，大概说他喝多了酒的话让他听到了。

"我不多喝酒的，小的时候，母亲常提到父亲喝了酒，脾气怎样坏，母亲说，长大了不要喝酒，不要像父亲那样子……所以我不多喝的……从来没喝醉过……"

鲁迅先生休息好了，换了一支烟，站起来也去拿苹果吃，可是苹果没有了。鲁迅先生说："我争不过你们了，苹果让你们抢没了。"

有人抢到手的还在保存着的苹果，奉献出来，鲁迅先生没有吃，只在吸烟。

一九三六年春，鲁迅先生的身体不大好，但没有什么病，吃过了晚饭，坐在躺椅上，总要闭一闭眼睛沉静一会。

许先生对我说，周先生在北京时，有时开着玩笑，手按着桌子一跃就能够跃过去，而近年来没有这么做过，大概没有以前那么灵便了。

这话是许先生和我私下讲的，鲁迅先生没有听见，仍靠在躺椅上沉默着呢。

许先生开了火炉的门，装着煤炭花花地响，把鲁迅先生震醒了。一讲起话来鲁迅先生的精神又照常一样。

鲁迅先生睡在二楼的床上已经一个多月了，气喘虽然停止，但每天发热，尤其是下午热度总在三十八度三十九度之间，有时也到三十九度多，那时鲁迅先生的脸色是微红的，目力是疲弱的，不吃东西，不大多睡，没有一些呻吟，似乎全身都没有什么痛楚的地方。躺在床上的时候张开眼睛看着，有的时候似睡非睡的安静地躺着，茶吃得很少。差不多一刻也不停地吸烟，而今几乎完全放弃了，纸烟听子不放在床边，而仍很远的蹲在书桌上，若想吸一支，是请许先生付给的。

许先生从鲁迅先生病起，更过度地忙了。
按着时间给鲁迅先生吃药，按着时间给鲁迅先
生试温度表，试过了之后还要把一张医生发给
的表格填好，那表格是一张硬纸，上面画了无
数根线，许先生就在这张纸上拿着米度尺画着
度数，那表画得和尖尖的小山丘似的，又象尖

鲁迅与内山完造、山本次彦

尖的水晶石，高的低的一排连地站着。许先生虽每天画，但那象是一条接连
不断的线，不过从低处到高处，从高处到低处，这高峰越高越不好，也就是鲁迅
先生的热度越高了。

来看鲁迅先生的人，多半都不到楼上来了，为的请鲁迅先生好好地静养，
所以把客人这些事也推到许先生身上来了。还有书、报、信，都要许先生看
过，必要的就告诉鲁迅先生不十分必要的，就先把它放在一处放一放，等鲁迅
先生好些了再取出来交给他。然而这家庭里边还有许多琐事，比方年老的娘姨
病了，要请两天假；海婴的牙齿脱掉一个要到牙医那里去看过，但是带他去的
人没有，又得许先生。海婴在幼稚园里读书，又是买铅笔，买皮球，还有临时
出些个花头，跑上楼来了，说要吃什么花生糖，什么牛奶糖，他上楼来是一边
跑着一边喊着，许先生连忙拉住了他，拉他下了楼才跟他讲：

"爸爸病啦。"而后拿出钱来，嘱咐好了娘姨，只买几块糖而不准让他格
外的多买。

收电灯费的来了，在楼下一打门，许先生就得赶快往楼下跑，怕的是再多
打几下，就要惊醒了鲁迅先生。

海婴最喜欢听讲故事，这也是无限的麻烦，许先生除了陪海婴讲故事之
外，还要在长桌上偷一点工夫来看鲁迅先生为有病耽搁下来尚未校完的校样。

在这期间，许先生比鲁迅先生更要担当一切了。

鲁迅先生吃饭，是在楼上单开一桌，那仅仅是一个方木桌，许先生每餐亲
手端到楼上去，每样都用小吃碟盛着，那小吃碟直径不过二寸，一碟豌豆苗或
菠菜或苋菜，把黄花鱼或者鸡之类也放在小碟里端上楼去。若是鸡，那鸡也是
全鸡身上最好的一块地方拣下来的肉；若是鱼，也是鱼身上最好一部分，许先
生才把它拣下放在小碟里。

许先生用筷子来回地翻着楼下的饭桌上菜碗里的东西，菜拣嫩的，不要茎，只要叶，鱼肉之类，拣烧得软的，没有骨头没有刺的。

心里存着无限的期望，无限的要求，用了比祈祷更虔诚的目光，许先生看着她自己手里选得精精致致的菜盘子，而后脚板触了楼梯上了楼。

希望鲁迅先生多吃一口，多动一动筷，多喝一口鸡汤。鸡汤和牛奶是医生所嘱的，一定要多吃一些的。

把饭送上去，有时许先生陪在旁边，有时走下楼来又做些别的事，半个钟头之后，到楼上去取这盘子。这盘子装得满满的，有时竟照原样一动也没有动又端下来了，这时候许先生的眉头微微地皱了一点。旁边若有什么朋友，许先生就说："周先生的热度高，什么也吃不落，连茶也不愿意吃，人很苦，人很吃力。"

有一天许先生用波浪式的专门切面包的刀切着面包，是在客厅后边方桌上切的，许先生一边切着一边对我说："劝周先生多吃东西，周先生说，人好了再保养，现在勉强吃也是没有用的。"

许先生接着似乎问着我："这也是对的。"

而后把牛奶面包送上楼去了。一碗烧好的鸡汤，从方盘里许先生把它端出来了，就摆在客厅后的方桌上。许先生上楼去了，那碗热的鸡汤在方桌上自己悠然的冒着热气。

许先生由楼上回来还说呢："周先生平常就不喜欢吃汤之类，在病里，更勉强不下了。"

那已经送上去的一碗牛奶又带下来了。

许先生似乎安慰着自己似的。

"周先生人强，喜欢吃硬的，油炸的，就是吃饭也喜欢吃硬饭。……"

许先生楼上楼下地跑，呼吸有些不平静，坐在她旁边，似乎可以听到她心脏的跳动。

鲁迅先生开始独桌吃饭以后，客人多半不上楼来了，经许先生婉言把鲁迅先生健康的经过报告了之后就走了。

鲁迅先生在楼上一天一天地睡下去，睡了许多日子就有些寂寞了，有时大概热度低了点就问许先生：

"有什么人来过吗？"

看鲁迅先生精神好些，就一一的报告过。

有时也问到有什么刊物来。

鲁迅先生病了一个多月了。

证明鲁迅先生是肺病，并且是肋膜炎，须藤老医生每天来了，为鲁迅先生先把肋膜积水用打针的方法抽净，共抽过两三次。

这样的病，为什么鲁迅先生一点也不晓得呢，许先生说，周先生有时觉得肋痛了就自己忍着不说，所以连许先生也不知道，鲁迅先生怕别人晓得了又要不放心，又要看医生，医生一定又要说休息。鲁迅先生自己知道做不到的。

福民医院美国医生① 的检查，说鲁迅先生肺病已经二十年了。这次发了怕是很严重。

医生规定个日子，请鲁迅先生到福民医院去详细检查，要照X光的。

但鲁迅先生当时就下楼是下不得的，又过了许多天，鲁迅先生到福民医院去查病去了。照X光后给鲁迅先生照了一个全部的肺部的照片。

这照片取来的那天许先生在楼下给大家看了，右肺的上尖角是黑的，中部也黑了一块，左肺的下半部都不大好，而沿着左肺的边边黑了一大圈。

这之后，鲁迅先生的热度仍高，若再这样热度不退，就很难抵抗了。

那查病的美国医生，只查病，而不给药吃，他相信药是没有用的。

须藤老医生，鲁迅先生早就认识，所以每天来，他给鲁迅先生吃了些退热药，还吃停止肺病菌活动的药。他说若肺不再坏下去，就停止在这里，热自然就退了，人是不危险的。

在楼下的客厅里许先生哭了。许先生手里拿着一团毛线，那是海婴的毛线衣拆了洗过之后又团起来的。

鲁迅先生在无欲望状态中，什么也不吃，什么也不想，睡觉是似睡非睡的。

天气热起来了，客厅的门窗都打开着，阳光跳跃在门外的花园里。麻雀来了停在夹竹桃上叫了三两声就又飞去，院子里的小孩们唧唧喳喳地玩耍着，风吹进来好像带着热气，扑到人的身上，天气从刚刚发芽的春天，变为夏天了。

楼上老医生和鲁迅先生谈话的声音隐约可以听到。

楼下又来了客人。来的人总要问："周先生好一点吗？"

① 关于这次请美国医生为鲁迅诊察病情的经过，作者所记与事实颇有出入，恐是误记，请参看许广平著《关于鲁迅的生活》。——编者注

许先生照常说："还是那样子。"

但今天说了眼泪又流了满脸。一边拿起杯子来给客人倒茶，一边用左手拿着手帕按着鼻子。

客人问："周先生又不大好吗？"

许先生说："没有的，是我心窄。"

过了一会，鲁迅先生要找什么东西，喊许先生上楼去，许先生连忙擦着眼睛，想说她不上楼的，但左右的看了一看，没有人能代替了她，于是带着她那团还没有缠完的毛线球上楼去了。

楼上坐着老医生，还有两位探望鲁迅先生的客人。许先生一看了他们就自己低了头不好意思的笑了，她不敢到鲁迅先生的面前去，背转着身问鲁迅先生要什么呢，而后又是慌忙的把毛线缕挂在手上缠了起来。

一直到送老医生下楼，许先生都是把背向鲁迅先生而站着的。

每次老医生走，许先生都是替老医生提着皮提包送到前门外的。许先生愉快的，沉静的带着笑容打开铁门闩，很恭敬的把皮包交给老医生，眼看着老医生走了才进来关了门。

这老医生出入在鲁迅先生的家里，连老娘姨对他都是尊敬的，医生从楼上下来时，娘姨若在楼梯的半道，赶快下来躲开，站到楼梯的旁边。有一天老娘姨端着一个杯子上楼，楼上医生和许先生一道下来了，那老娘姨躲闪不灵，急得把杯里的茶都颠出来了。等医生走过去，已经走出了前门，老娘姨还在那里呆呆的望着。

"周先生好了点吧？"

有一天许先生不在家，我问着老娘姨。她说："谁晓得，医生天天看过了不声不响的就走了。"

可见老娘姨对医生每天是怀着期望的眼光看着他的。

许先生很镇静，没有紊乱的神色，虽然说那天当着人哭过一次，但该做什么，仍是做什么，毛线该洗的已经洗了，晒的已经晒起，晒干了的随手就把它缠成团子。

"海婴的毛线衣，每年拆一次，洗过之后再重打起，人一年一年地长，衣裳一年穿过，一年就小了。"

在楼下陪着熟的客人，一边谈着，一边开始手里动着竹针。

这种事情许先生是偷空就做的，夏天就开始预备着冬天的，冬天就做夏天的。许先生自己常常说："我是无事忙。"

这话很客气，但忙是真的，每一餐饭，都好像没有安静地吃过。海婴一会要这个，要那个；若一有客人，上街临时买菜，下厨房煎炒还不说，就是摆到桌子上来，还要从菜碗里为着客人选好的挟过去。饭后又是吃水果，若吃苹果还要把皮削掉，若吃荸荠看客人削得慢而不好也要削了送给客人吃，那时鲁迅先生还没有生病。

许先生除了打毛线衣之外，还用机器缝衣裳，剪裁了许多件海婴的内衫裤在窗下缝。

因此许先生对自己忽略了，每天上下楼跑着，所穿的衣裳都是旧的，次数洗得太多，钮扣都洗脱了，也磨破了，都是几年前的旧衣裳。春天时许先生穿了一件紫红宁绸袍子，那料子是海婴在婴孩时候别人送给海婴做被子的礼物。做被子，许先生说很可惜，就捡起来做一件袍子。正说着，海婴来了，许先生使眼神，且不要提到，若提到海婴又要麻烦起来了，一定要说是他的，他就要要。

许先生冬天穿一双大棉鞋，是她自己做的。一直到二三月早晚冷时还穿着。

有一次我和许先生在小花园里一道拍一张照片，许先生说她的钮扣掉了，还拉着我站在她前边遮着她。

许先生买东西也总是到便宜的店铺去买，再不然，到减价的地方去买。

处处俭省，把俭省下来的钱，都印了书和印了画。

现在许先生在窗下缝着衣裳，机器声格答格答的，震着玻璃门有些颤抖。

窗外的黄昏，窗内许先生低着的头，楼上鲁迅先生的咳嗽声，都搅混在一起了，重续着、埋藏着力量。在痛苦中，在悲哀中，一种对于生的强烈的愿望站得和强烈的火焰那样坚定。

许先生的手指把捉了在缝的那张布片，头有时随着机器的力量低沉了一两下。许先生的面容是宁静的、庄严的、没有恐惧的，她坦荡的在使用着机器。

海婴在玩着一大堆黄色的小药瓶，用一个纸盒子盛着，端起来楼上楼下地跑，向着阳光照是金色的，平放着是咖啡色的，他招聚了小朋友来，他向他们展览，向他们夸耀，这种玩意只有他有而别人不能有。他说："这是爸爸打药针的药瓶，你们有吗？"

别人不能有，于是他拍着手骄傲地呼叫起来。

许先生一边招呼着他，不叫他喊，一边下楼来了。

"周先生好了些？"

见了许先生大家都是这样问的。

"还是那样子"，许先生说，随手抓起一个海婴的药瓶来。"这不是么，这许多瓶子，每天打一针，药瓶子也积了一大堆。"

许先生一拿起那药瓶，海婴上来就要过去，很宝贵地赶快把那小瓶摆到纸盒里。

在长桌上摆着许先生自己亲手做的蒙着茶壶的棉罩子，从那蓝缎子的花罩子下拿着茶壶倒着茶。

楼上楼下都是静的了，只有海婴快活的和小朋友们的吵嚷躲在太阳里跳荡。

海婴每晚临睡时必向爸爸妈妈说"明朝会！"

有一天他站在上三楼去的楼梯口上喊着："爸爸，明朝会！"

鲁迅先生那时正病得沉重，喉咙里边似乎有痰，那回答的声音很小，海婴没有听到，于是他又喊："爸爸，明朝会！"

他等一等，听不到回答的声音，他就大声地连串地喊起来："爸爸，明朝会，爸爸，明朝会，……爸爸，明朝会……"

他的保姆在前边往楼上拖他，说是爸爸睡下了，不要喊了。可是他怎么能够听呢，仍旧喊。

这时鲁迅先生说"明朝会"，还没有说出来，喉咙里边就像有东西在那里堵塞着，声音无论如何放不大。到后来，鲁迅先生挣扎着把头抬起来才很大声地说出："明朝会，明朝会。"

说完了就咳嗽起来。

许先生被惊动得从楼下跑来了，不住地训斥着海婴。

海婴一边笑着一边上楼去了，嘴里唠叨着："爸爸是个聋人哪！"

鲁迅先生没有听到海婴的话，还在那里咳嗽着。

鲁迅先生在四月里，曾经好了一点，有一天下楼去赴一个约会，把衣裳穿得整整齐齐，手下挟着黑花包袱，戴起帽子来，出门就走。

许先生在楼下正陪客人，看鲁迅先生下来了，赶快说："走不得吧，还是坐车子去吧。"

鲁迅先生说："不要紧，走得动的。"

许先生再加以劝说，又去拿零钱给鲁迅先生带着。

鲁迅先生说不要不要，坚决的就走了。

"鲁迅先生的脾气很刚强。"

许先生无可奈何的，只说了这一句。

鲁迅先生晚上回来，热度增高了。

鲁迅先生说："坐车子实在麻烦，没有几步路，一走就到。还有，好久不出去，愿意走走……动一动就出毛病……还是动不得……"

病压服着鲁迅先生又躺下了。

七月里，鲁迅先生又好些。

药每天吃，记温度的表格照例每天好几次在那里画，老医生还是照常的来，说鲁迅先生就要好起来了，说肺部的菌已停止了一大半，肋膜也好了。

客人来差不多都要到楼上来拜望拜望，鲁迅先生带着久病初愈的心情，又谈起话来，披了一张毛巾子坐在躺椅上，纸烟又拿在手里了，又谈翻译，又谈某刊物。

一个月没有上楼去，忽然上楼还有些心不安，我一进卧室的门，觉得站也没地方站，坐也不知坐在那里。

许先生让我吃茶，我就倚着桌子边站着，好像没有看见那茶杯似的。

鲁迅先生大概看出我的不安来了，便说："人瘦了，这样瘦是不成的，要多吃点。"

鲁迅先生又在说玩笑话了。

"多吃就胖了，那么周先生为什么不多吃点？"

鲁迅先生听了这话就笑了，笑声是明朗的。

从七月以后鲁迅先生一天天地好起来了，牛奶，鸡汤之类，为了医生所嘱也隔三差五地吃着，人虽是瘦了，但精神是好的。

鲁迅先生说自己体质的本质是好的，若差一点的，就让病打倒了。

这一次鲁迅先生保持了很长时间，没有下楼更没有到外边去过。

在病中，鲁迅先生不看报，不看书，只是安静的躺着。但有一张小画是鲁迅先生放在床边上不断看着的。

那张画，鲁迅先生未生病时，和许多画一道拿给大家看过的，小得和纸烟包里抽出来的那画片差不多。那上边画着一个穿大长裙子飞散着头发的女人在大风里边跑，在她旁边的地面上还有小小的红玫瑰花的花朵。

记得是一张苏联某画家着色的木刻。

鲁迅先生有很多画，为什么只选了这张放在枕边？

许先生告诉我的，她也不知道鲁迅先生为什么常常看这小画。

有人来问他这样那样的，他说："你们自己学着做，若没有我呢！"

这一次鲁迅先生好了。

还有一样不同的，觉得做事要多做……

鲁迅先生以为自己好了，别人也以为鲁迅先生好了。

准备冬天要庆祝鲁迅先生工作三十年。

又过了三个月。

一九三六年十月十七日，鲁迅先生病又发了，又是气喘。

十七日，一夜未眠。

十八日，终日喘着。

十九日，夜的下半夜，人衰弱到极点了。天将发白时，鲁迅先生就像他平日一样，工作完了，他休息了。

一九三九年十月

（选自萧红《回忆鲁迅先生》，生活书店一九四零年七月版）

端木蕻良写鲁迅与萧红

◎鲁迅先生和萧红二三事

◎论鲁迅

端木蕻良（1912~1996年），满族，原名曹汉文、曹京平，辽宁省昌图县人。1928年入天津南开中学读书。1932年考入清华大学历史系，同年加入"左联"，发表小说处女作《母亲》。1933年开始创作长篇小说《科尔沁旗草原》，1935年完成，成为30年代东北作家群产生重要影响的力作之一。1938年5月，端木与萧红在武汉结婚。1942年萧红在香港病逝后，端木旅居桂林，后又辗转于重庆、上海和香港等地。1949年新中国成立前夕，端木从香港回到北京。1960年5月与钟耀群结婚。1980年，端木当选为北京市作家协会副主席，1984年当选为中国作家协会理事。1985年，《曹雪芹》中卷（与夫人钟耀群合著）出版。1996年10月5日，因病于北京逝世，享年84岁。

端木蕻良

端木与鲁迅也是年轻作家与文坛泰斗的关系，端木敬仰鲁迅，鲁迅也肯接纳端木，但是比较起来，两人之间在感情上始终没有达到亲密无间的程度；萧红与萧军分手后，端木与萧红的结合，以及萧红的英年早逝，是当年文坛一件颇为引人议论的事情，端木承受了巨大的舆论压力，这在他的回忆文章中也可以看出。

鲁迅先生和萧红二三事

> 无情未必真豪杰，怜子如何不丈夫。
>
> 知否兴风狂啸者，回眸时看小於菟。

这四句，是鲁迅先生在灾难生活里，携妇将雏时代写的诗。从这二十八个字里，我们可以体会到鲁迅先生对亲子之爱的感情，和对敌人无比轻蔑的冷眼。

我看过有关列宁的真实生活纪录片，还听到过列宁演说的录音。使我震动的是：和我在戏剧、电影、绘画等艺术作品上面所熟知的那种列宁形象，大不相同。

给我印象最深的，是列宁被刺后，在高尔克村生活的纪录片，他和克鲁普斯卡娅在小路上散步的情景，以及坐在长椅上休息的姿势。我看到的是一个经常看到的人，一个朴实无华的普通人。

世界上不少卓越的人民艺术家，创造出列宁的形象，是极其动人的。在人民心目中，建立了不可磨灭的丰碑，永远值得赞美，永远值得人们对他们表示由衷的感谢。艺术需要提炼，需要集中，更需要突出，也允许夸张。艺术家要有能力发现人物的个

端木蕻良校阅柳亚子诗稿　1984年摄于虎坊路寓所

性和特征。他们对于列宁形象的塑造，取得的成就，都是使我心折的。

高尔基最初见到托尔斯泰时，他看到一位和他想象中完全不同的一个人，一个经常可以在俄罗斯遇到的一个小老头儿。

高尔基在听到普列汉诺夫的讲演时，发现这位思想家，有着十足的矜持和自负。他特别注意到，普列汉诺夫把手指按在胸前的金属衣扣上，好像按在电铃上一样，和列宁全然不同。

列宁曾当面指责过高尔基，但高尔基丝毫没有感到列宁有什么盛气凌人的地方，而是感到亲切无间，从而认识到自己某些看法的失误。

萧红曾经和我谈过，鲁迅先生对她的关心与爱护。

萧红喜欢绘画，还参加过画会。她画过一些水彩画，喜欢用大笔触，对水彩画的水分，用得很适当。

她对北方的色彩，感应很强烈。她穿衣服，比较喜欢强烈的颜色。但是，在那艰苦的年代里，哪里有选择衣着的条件呢？能够做到饱暖，已经是很不容易了。何况，她又一心扑在创作上，根本没有时间和心情去考虑到衣服的颜色，只是胡乱穿着罢了。

我不记得，是马克思的女儿，还是克鲁普斯卡娅，曾经谈过这个问题，谈到在创立了无产阶级政权之后，妇女的服装问题，是应该提到日程上来的。

1938年，萧红和我在汉口结婚。那天，池田幸子把一块很好的衣料亲自送来，作为贺礼。我们看了，觉得她不该买这样贵重的东西。池田幸子笑着说，不是她买的，是一个"名人"送的。

原来，这件衣料，还有一段故事呢。池田告诉我们说，她初到上海时，找不到工作，生活没有着落，没法生活下去。她的房东给她出主意，要她去当伴舞的舞女。是临时性的，不签长期合同。因为她是日本人，舞场老板认为"奇货可居"，很想利用她，广为招徕。

有一次，老板为她介绍一位微胖的舞客，关照她好好伴舞。池田很

一九八三年四月的端木蕻良

单纯，没有那种世故，也不打听这位客人到底是干什么的，有什么来头。第二天，池田又和他伴舞时，这位客人就把这件贵重的衣料带来送给了她。这时，池田才知道这位客人就是大名鼎鼎的孙科。后来池田摆脱了这种生活，把这贵重的衣料丢在一旁，再没去动过它。

池田笑着开玩笑地说，因为萧红结婚，她没有钱买礼品，所以就把这件衣料权充礼品送过来了。

这衣料里面，有着池田的辛酸，也有着她的心意，当然我们只能收下。但是，萧红并没有把它做成衣服，更谈不上穿它了。也正是由于这段插曲，萧红才和我谈起了鲁迅先生对于她衣着色调的意见来。

萧红在上海时，常去鲁迅先生家，鲁迅先生对萧红穿着的颜色，觉得不够调和，曾经对她说出自己的意见。鲁迅先生感到她的衣着和上海的一般情调相比，显得突出。在上海滩，在那个恐怖的年代里，人们的衣着过分显眼了，容易引起一些不必要的麻烦来。萧红说鲁迅先生不仅是轻描淡写地来谈论这个问题，同时，还故意提到许广平先生，用许先生来作陪衬，以便把气氛冲淡了。鲁迅先生说："你看，许先生因为忙得很，连钮扣绊断了，都没有来得及修整……"许先生听了这话，看着自己大襟下的钮扣绊儿，也笑了。

从鲁迅先生对萧红的衣着提过意见以后，萧红在衣着方面，就尽量使色感做到调和。有条件做件新衣服时，总是尽量不用原色，而是选择混合色的料子来做了。池田幸子送的这件光闪闪的衣料，萧红当然更不会把它做衣服穿了。

上海打响抗战第一枪的时候，我是在亚尔培路，一个木器店的后楼上住着。

原先住在这儿的，是我的朋友杨体烈，他是弹钢琴的。那时，他在江湾国立音专学习，还没毕业呢（解放后，他是沈阳音乐学院副院长）。他几次要我和他同住，我想，我一个人住着，确实有许多不方便。如果出了什么麻烦事儿，连一个向外通风报信的人都没有，这是不行的。杨体烈对我很好，很可靠，所以我就听了他的话，搬过来和他同住了。

上海战起，他先回四川老家去了，我也张罗着离开上海到内地去。胡风知道我一个人住，便约我到他家去住，生活上可以方便些。我想，等我买到车票，就离开上海了，所以就搬到他家去住了一个短时候。记得那时，他正在写一篇向妇女致敬的、不算短的新诗，题目大概是《致妇女》，后来在《七月》上发表。

　　我单独住在一个小房间里。胡风招呼我，为我拿过一双拖鞋来。这是一双十分破旧的皮拖鞋，所以他就向我做了解释。当我知道这双旧拖鞋的历史以后，使我不能不肃然起敬！我的心情十分激动，当时，我便向他要了这双旧拖鞋，今后，由我来保存。

　　原来，这双拖鞋，是瞿秋白同志住在鲁迅先生家里时，亲自买回来的，他走了，便留给鲁迅先生了。鲁迅先生又继续穿，所以才这么破旧了。这就是我在《七月》第一期上发表《哀鲁迅先生一年》一文中，所提到的那双拖鞋的由来。

　　当我在胡风家中居住，穿着这双拖鞋时，并没有想到，另外还有什么人曾经也穿过它。

　　当萧红和我从重庆准备动身去香港时，萧红清理行装，在我小箱子里发现了这双拖鞋，她瞪着两只大眼看着我。我连忙将这双拖鞋的来历告诉她，没想到，她感慨万千地告诉我，她，也穿过这双拖鞋！

　　原来，有一次，萧红到鲁迅先生家去，途中遇大雨，她由于心情不好，也不想避一避，径自走去。待她到鲁迅先生家时，全身都湿透了。许先生急忙找些衣服为她换上，并知道鲁迅先生要许先生拿过来一双拖鞋给她穿。她穿起来觉得大得不得了，几乎连路都走不起来。许先生笑着告诉她这双拖鞋的来历，她听了，也和我初听了一样，不由地心头一热，唤起了敬重的感情来。她绝没有想到，这双拖鞋居然我们两人都穿过它，并且还到了我们家。从这双拖鞋破旧的程度，看到中国革命的艰苦历程，我和萧红亲眼看到两位巨人走过的道路。

　　我们把这双拖鞋包裹起来，仍然放在我珍藏心爱东西的小箱子里。

　　后来，萧红去世了，我只身回到桂林，然后是湘桂大撤退，日本投降，解放战争……在我流浪生活中，几乎失去了所有的一切，但是，这双拖鞋是不能失去的，因为它是历史的见证。在1948年上海白色恐怖又加剧的时候，我准备再次去香港。临行前，我把这双拖鞋托付给我的二哥曹汉奇，并把这双拖鞋的重要意义告诉他，他保存会比我安全些，损失的机会也少些。他对鲁迅和瞿秋白这两位巨人是十分崇拜的，我知道，他一定会很好地珍藏它。他，和他的全家，一直珍藏着它，保护着它。在他被错划成右派，从上海迁到东北时，虽然失去了不少东西，但这只小箱子却始终被保存下来。

　　但是，当林贼发出所谓的"第一号命令"把城市居民全部疏散，也就是把知识分子大批从城市赶到乡下去的时候，我二哥一家首当其冲。乡下并没有给他们做安排，搬下去的全部东西，都散乱地丢在露天里，任凭风吹雨淋，你取我拿……我二哥在上车时未站稳，车就开了，把他摔在地上还拖了几步……等他们老两口惊魂稍定，首先想起这只小箱子时，却从此没有踪影了……他用尽方法去寻找，假如是一双新的拖鞋，也可能找寻回来，这样一双破旧的"敝屣"，早已被人扔掉了。为此，二哥长久没有给我写信，他和二嫂都感到辜负了我的托付，辜负了……

这双拖鞋，经历了无数次的炮火，无数次的颠沛流离，都保存下来了，但是，它却消失在浩劫之中……再说什么，也无需了！

在重庆，当萧红写完了《回忆鲁迅先生》这本小册子的时候，书店马上要出书。恰巧，许寿裳先生到复旦大学来看我们，他和我们见面时，萧红把这本小册子拿给他看，寿裳先生非常高兴。我们便说，这本小册子，字数少了些，想征求他的同意，把他写的一篇有关鲁迅先生的文章，也编辑进去。寿裳先生愉快地答应了。并且鼓励萧红说，还可以再写，积累起来，作为续篇。

《回忆鲁迅先生》编好时，萧红要我用她的名义代她写一篇后记，我记得，里面曾有过这样的话：……关于鲁迅先生治学、思想等方面，等将来有机会时，容再续写。我写这几句话时，也是受到寿裳先生的启发才写的。但是，萧红不同意。她说，我怎么敢这样说呢？她要我把这话删去。我说，各人有各人的感受和理解，把个人的感受如实记录下来，对将来研究鲁迅先生的人，还是能提供一些有参考价值的资料呢。许寿裳先生也说，不要删，将来写续篇时，知道多少说多少，知道什么写什么，怎样理解就怎样写，读者还可以从你的理解中多得到一些看法呢。所以还是没有删去（因为手边没有这本书，仅就记忆来写的，等找到原文时再核对）。

萧红写了回忆鲁迅先生的文章，洪丝丝先生知道了，从南洋来信，要她把稿子寄给他发表。为了南洋的读者，这当然是应该的。可是，萧红的稿子大部分已经发表过了，虽然拿到南洋再发，两地读者不一样，但萧红还是带病把文章做了些调整和改动，

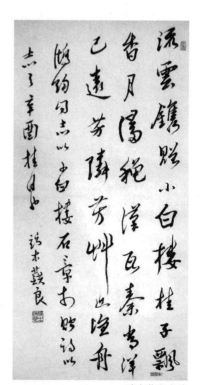

端木蕻良书法

端木蕻良写鲁迅与萧红

萧红与端木蕻良

使它和原来刊物上发表的尽量做到此有彼无。实在做不到的，也在文字的表达上，有所不同。催稿催得再急，逼挤出来的文章，她也决不马虎应付。她从不会敷衍人家，她是以自己的实际行动，学习鲁迅先生一贯严谨的作风。她对鲁迅先生关心青年人，有着极为深刻的印象。

有一次，萧红告诉我，在她心目中，一直想解决一个问题，就是，鲁迅先生对青年的态度。她说，在她没有见到鲁迅先生面时，猜想鲁迅先生一定是位很严厉的人，但见到面后，便觉得鲁迅先生是很容易接近的。这是什么道理呢？她调皮地说，她想从鲁迅先生口中得到这个回答。因此，有一天，萧红便直古拢桶地问起鲁迅先生来：

"您对青年们的感情，是父性的呢？还是母性的？"

萧红笑着对我说："这话，我早就想问了，看来是一件小事，但它是关系到我们将来怎样刻画鲁迅先生的大事，是非问不可的大事！"

她接着告诉我说，鲁迅先生靠在藤椅上，手指夹着纸烟，吸了一口，沉吟了一下，慢慢地说：

"我想，我对青年的态度，是'母性'的吧！"

一九八一年四月二十八日于北京

（原载《新文学史料》1981年3期）

论鲁迅

一、对于镜子的解说

鲁迅在中国民族革命的过程中，不仅仅是起了一面镜子的作用，而是一杆倔强的大旗；因为他不止是明澈的反映，而且是正确的领导，综括鲁迅的一生，没有一次宽纵了敌人，没有一次误掷了投枪。

列宁曾说过：列甫·托尔斯泰像一面俄国革命的镜子。

列宁是说：

"托尔斯泰反映着那痛心的憎恨，那对于'更好的'成熟的愿望，要想避开'过去'的志愿——也反映着幻想性，政治上无训练，革命上软弱的不成熟。历史经济的条件，可以说明群众斗争发生的必然，也可以说明他们对于斗争的没有准备，以及托尔斯泰式的对于恶的无抵抗是第一次革命战斗失败的极严重的原因。"（请参看《海上述林》上卷三四三页二五六页）

托尔斯泰所反映的俄国革命的原因和条件是和巴尔扎克反映了法国革命的原因和条件，遥遥相对。托尔斯泰的思想和号召，是并不能和当时俄国社会的现实相吻合的，托尔斯泰的作品只是发掘了现实，翻译了现实，正视了现实，他并不能看见现实里包括了一些什么特别的玩意儿来的。他发掘出来了"现实"之后，现实就无情的否定了他，舍弃了他，击退了他。这就是列宁所说的在托尔斯泰的作品里能够看出："历史经济的条件，可以说明群众斗争发生的必然……以及托尔斯泰式的对于恶的无抵抗是第一次革命战斗失败的极严重的原因。"

　　所谓的列甫·托尔斯泰像一面俄国革命的镜子是这样的：托尔斯泰在发掘出来现实的时候是勇敢的，但被现实击退了的当儿，又显露出托尔斯泰的软弱了。托尔斯泰，这个不朽的天才是怎样的呢？他对于他亲手所竖立起来的现实是毫无办法的。"他的判断是抽象的，他只有'永久的'道德原则，永久的宗教真理的观点，不知道这种观点不过是陈旧的制度、农奴的制度、东方各民族的生活制度的观念形态上的反映。"

　　列甫·托尔斯泰在当时完全满足用自己的不动的世界观来俯视着在西伯利亚的大野上正在奔驰着的托落卡，他并不想看出这匹奔驰的车子一定会找到他的归宿的，像果戈理那样含着眼泪在哭诉："可怜的露西亚，你是多么可怜哪，你要奔到那里去呢！"托尔斯泰没有这样的疑问，这样的慌惑的心情，他已经有了很好的答案，这个答案是：人类的总公律是没有的，像那些不动的东方民族就证明给我们看。托尔斯泰一双闪霎的小眼睛，是常常的诡秘的在向东方来看的，他的东方就是印度和中国，而印度的圣人有佛陀，中国的圣人有老子，使他对东方发生着强大的兴趣的是这些。所以他在《论生活的意义》那篇文章，就主张："一切都是无，一切的物质都是无。"托尔斯泰所据有的是这东方的亚洲制度的观念形态，托尔斯泰是有意的想把基督主义的道德观延长，延长到可能和佛陀主义有一个会合点。托尔斯泰在那个时候心目中已经不以基督主义的"赎罪"和"忏悔"为满足了，他想采取佛陀主义的"报应"的学说。他的这个新的道德观是惟有在一个农民社会里才能试验成功的，这一点他很巧妙的理解，而托尔斯泰又认为俄国是可以停在农业社会的地位不再向前走而得救了的。

　　托尔斯泰虽然还谦虚，不敢加上自己一个"新基督"的尊号，但是他的确自己是以一个圣人（Saga）的姿态来行事的，这一点就被高尔基看出过。托尔斯泰曾把自己的日记给年轻的高尔基看，高尔基看出那里写着一句："基督是我的愿望。"高尔基事后曾经问他这是什么意思。

　　托尔斯泰的报应是很分明的，不能逃脱的，马斯洛娃作了妓女，涅贺留道夫断送了一生的幸福，安娜·克列尼娜必得死亡。至于像"上帝知道这真理"里的那个英雄，背负了冤屈的镣铐，忍受了无知的法律的践踏，却能被人称作"老爹爹"，活得很久很久，恋恋的不愿离开牢狱的闸门，得到他心灵上的天国，这都是托尔斯泰赏赐给他的。

　　托尔斯泰的乌托邦是想以农业社会作他的经济基础，聘请好的神甫做老百姓的风俗裁判者、法律执行者，用懂得不用强暴力量去抵抗恶的，懂得禁欲的动物来作这国度的人民。

列甫·托尔斯泰反映着的时代，是一八六一年之后到一九零五年之前的时代。那时代正是农奴制度以及和它适合的旧秩序，刚刚翻了个身的，刚刚借尸还魂，西欧的资产阶级则刚刚抬起头来，这时的托尔斯泰却和一般的民粹派一样的遮起眼睛，认为俄国的经济发展是特殊的，停留在东方的形态就已经足够，根本不会想到会有资本主义的道路。

对于那时候的欧洲的"英国"式社会制度的基本特点，他是不愿看见的。

那时代的西欧主义者已经在俄国起着影响，而俄国的道路必然的也是英国法国的道路，是要有一个资产阶级慢慢的建立起来的。但是托尔斯泰是偏着头不去看它的。

列宁所说的镜子，不是市上流行的使用的或是我们在洗澡间里用的那种镜子。俄国的社会透过了列甫·托尔斯泰来看，便会现出诸种相革命相，那样正确的一面镜子。

不是的，是从托尔斯泰观点里的矛盾——这观点里的矛盾的确是俄国革命之中农民的历史行动所处的矛盾条件的镜子。托尔斯泰的观念是俄国农民暴动的弱点和缺点的镜子，是宗法社会的乡村的软弱和"经济的乡下人"的懦怯的反映。是从托尔斯泰本身他所具备的观念，他所具备的矛盾来看，不是透过了托尔斯泰去看的。

这样的镜子大概应该是一面铜镜子，一方面可以反映一些子事物，同时他的本身又可以说明铜器时代的文化的。

中国的论者，也常常援用了托尔斯泰像俄国革命的一面镜子的说法，引申起来，说鲁迅也是中国民族的一面镜子。这是应该加以区别的，鲁迅的这面镜子可没有托尔斯泰的那面的那么糊涂。千万不要混为一谈才好，现在也许上面我们说得还欠清楚，再把托尔斯泰的那面镜子漫画一下来看：

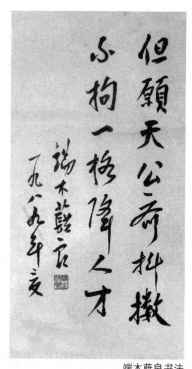

端木蕻良书法

有这样一个传说。

说是有个探险家到非洲去探险，碰见了一个袋鼠。探险家就问土人那是什么？土人用土语回答说："刚格卢！"从此那个探险家便把袋鼠叫做"刚格卢"。

但"刚格卢"按照土语的原意乃是"不知道"的意思。

假设托尔斯泰出现在非洲的时候，托尔斯泰也有勇气去看见了一只袋鼠，但是他却不能从那袋鼠所具有的那种显明的特征上来给它个很好的命名，却愿意重复着那土语的声音，叫它作"刚格卢"。

托尔斯泰的镜子，只能照出这样的命题：

袋鼠——俄国的现实。

刚格卢——托尔斯泰主义。

他能够看出眼前是个袋鼠的，这个鼠是带着个大袋子的，但他宁愿放弃这个袋子，不注重不把这个来叫它的名字，而愿称它为"刚格卢"的。

托尔斯泰是个因袭者，不是一个改革者。

但是鲁迅是怎样的呢？

鲁迅是胆敢叫那只鼠一声"袋鼠"的，他敢于说："看哪，那只鼠身上有袋！"鲁迅是个改革者。

鲁迅与托尔斯泰的区别是在于——托尔斯泰本身是一个病人，而鲁迅本身是一个医生。

端木蕻良书法

这是要区别得清清楚楚的，列宁不止一次的指出托尔斯泰的思想是有毒的，对于俄国正发展着的革命是有害的；但是这个毒、这个害、这个症结，正是表示了俄国社会的矛盾，正是揭露了一个实质上的特点，这个情形反映在托尔斯泰的作品上，观念上，是同一的。所以从这个基点来看托尔斯泰的作品，就能看出他反映了俄国革命的必然性。

列宁没有把托尔斯泰分成了两个，说是他的作品怎样怎样的有着积极的作用，而他的思想却是万万要不得的，他没有把托尔斯泰零星贩卖，没有对托尔斯泰留头斩脚。

他很冷静的安详的指出托尔斯泰的苦闷是反映了俄国当时社会的矛盾。他很清楚明白五次三番的说："托尔斯泰是特色的，因为他的观点的总和，整个的说来是有害的，恰好表现着我们的革命是个农民的资产阶级的革命的特点。"

他是把托尔斯泰的观点和作品并提的——没有看成两件东西。这是列宁的非常清醒的论断。

他正确的明白的看出了托尔斯泰的矛盾所在并指出来，对于托尔斯泰所发的宗教的小册子，所开的方案，托尔斯泰的论文就看作是他的矛盾之下他的苦闷之中的应有的呓语。托尔斯泰的价值在于他反映了矛盾（他的文学作品），而不在他的呓语（他的宗教论文）。这种看法是卓越的，丝毫没有毛病并不像一般低能儿以为认识托尔斯泰是很难的，以为他又是玫瑰，又带刺；又是河豚，又有毒。以为把托尔斯泰捧在手里，分明舍不得丢开，可是又没有地方去放的。其实是全不是的。

"托尔斯泰描写着俄国历史生活的这一个时期，他会在自己的作品里面提出那么许多伟大的问题，会提高艺术的力量到那么高的程度，以至于他的作品在世界文学中占着第一等位置的一个。"

"……那革命以前的俄国的弱点和没有能力，都表现在这个天才的艺术家的哲学里，都描写在这个天才的艺术家的作品里面。然而，他的遗产之中也有并不曾过去的而是属于将来的东西。""他会用极大的力量表现那些受着现代制度的压迫的广大群众的情绪，描写他们的状况，表现他们自发的抗议和忿恨的感情。"

然而，"一方面是最清醒的现实主义，揭穿一切种种的假面具；另一方面是痴呆的不抵抗主义的说教……宣传世界上所有一切混蛋东西之中的最混蛋的东西——宗教"。

托尔斯泰是这样的一个托尔斯泰，他的那面镜子，能反映出时代，也反映出现实，但必须连同镜子本身来看才能判断那时代，判断那现实。必得要连同托尔斯泰一道来看。

但是假设鲁迅也是一面镜子的活，鲁迅是不是也是这样的呢？

是不是鲁迅本身也带着时代的愚昧，社会的矛盾……那些弱点和缺点呢？

不是的，社会的矛盾或是弱点和缺点是透过了鲁迅的照亮而看出来的，而被发现了，不是在鲁迅本身上来看出的。

鲁迅发现的我们民族病根的所在常常是正确的，没有一句是神志不清的呓语。他在不可能找出一个方案一个办法来的时候，他决不胡乱捉过来一个办法来应景，搪塞一下就了事的，他决不会在没有马匹的时候，牵了一只螳螂来拉车的。他从来没有胡说过。

这一点是和上面所说的那面镜子完全不相像的，整整两样的。

托尔斯泰的那面镜子是很像《红楼梦》里痴幻大仙送给贾天祥的那面镜子，照了那个镜子固然可以照出一个骷髅，因而了解了现实，看见了社会矛盾的所在，但是，那镜子的背面却还隐藏着另外的一面，要是一个不当心，胡乱的乱照起来，不能看出它的空虚的那面，未免要牺牲了性命的呀！

二、是一面旗子

我以为综括鲁迅一生的战斗的历程，通过五四以后的文化运动，鲁迅对着新中国所引起的变质的作用，要说他是一个时代的镜子，社会的镜子，不如说是一面战斗的旗子，较为妥当。

鲁迅，是以一个人间的"摩罗"开始了他对旧时代的诅咒、叱骂、鞭答、憎恶。用《狂人日记》作一个有力的宣言，宣布了旧时代——吃人的时代必然的得死去，这个旧的宗法社会就要送终了的，而且固执的宣布了人类的"将来"，在人类的"将来里，是容不得吃人的人"。鲁迅清晰的明白的宣布了我们的"将来"是不容有吃人的社会，而且也说明了吃人的人是没有将来的。鲁迅不但要击退了旧的时代，还迎接了新的时代，鲁迅提出了有名的口号："救救孩子！"而且在他的一生里就踏踏实实的实践着，自己背着因袭的重担，肩住了黑暗的闸门，放他们（孩子或青年）到宽阔光明的地方去。他一丝都不放松，一刻都不行忽的促住了这吃人的制度来抨击着。

在五四时代，那时妇女要求参政的声浪非常的高，鲁迅没有汹汹扰扰的随声附和的人云亦云，他举出两个原则："第一，在家应该先获得男女平均和分配；第二，在社会，应该获得男女相等的势力。"他这里所谓的"平均"、"分配"、"势力"是指着经济地位而说的，他天才的看见社会的男女关系的不健康的存在是经济的力量的决定。但是这个经济的力量的支配与决定，又绝不是几个女人取得了经济权所能救了的，他认为惟有经济制度改革了，这个问题才能够得到合理的解决（参看全集卷一，一四九页）。在一九二七年鲁迅来到了广州之后，他在《革命时代的文学》那篇论文上说："这一部分人和那一部分人斗争，非先行变换现代社会的状态不可。"鲁迅一直在领导着中国革命文学运动和民主运动的，一直是个旧的吃人的社会制度的残酷的抨击者。

中国是个半殖民地的国家，书籍和语言文字的工具都不够用，一个问题提出来的时候，所得到的答案常常是齐一的，很难得突破一般的水平，因为那时科学的思维方法在中国还没有建立起来，而且心理上对于外面的宗主国的理论却怀着一种依附的倾向。中国的新世界观是从达尔文的"进化论"和赫胥黎的"存疑"论来开始的，这些前进的理论是随着欧洲的帝国主义的商品同时侵入了中国被中国所接受了的，同时又成为这个古旧的民族一种新的负担的。这番侵进来的结果，在中国也就产生两种东西，第一种是买办阶级，第二种是洋气学阀。新的世界观解释了新的现象，这是好的，非常可喜的一件事，但是单凭"进化论"究竟不中用，中国总是进化得不十分好。譬如中国的新文化运动的大师胡适之由"进化论"、"存疑论"而走到杜威的实验主义、白璧德的人文主义，就是一个很好的例子。但是就在胡适之抡着两条板斧砍进砍出的时候，新的思维方法依然没有建立起来。然而鲁迅为什么在中国新文化运动的进程上，一直没有落荒退伍，一直能够突破了当时理论的齐一呢？冲破人云亦云的滥调，直截了当的指出它的症结所在，不是随着人家说短道长，而尽了领导的作用呢？这是由于鲁迅有着他自己的正确的思维的方法的原故。我们方才说过，在五四时代——一九二五年以前中国的新的思维方法还停留在"进化论"的阶段，就是鲁迅也是以"进化论"来当作思维的武器的。但是鲁迅怎的就超出了当时的一切的进化论者呢？鲁迅所凭依的方法是什么呢？鲁迅的方法很简单，就是："看穿了他！"在一九〇七年，鲁迅就批评那些维新运动家"旧染既深，辄以习惯之目光，观察一切，凡所然否，谬解为多，此所为呼维新既二十年，而新声迄不起于中国也"，他讥笑他们倒因为果，惟枝叶是求。（参看《科学史教篇》，载于《坟》）他主张打破一切伪饰陋习，一扫而光之！他是主张："看穿了他！"这也就是茅盾说他咬住一口不放的精神，他反对惟枝叶是求，要看根本，这就是鲁迅思想方法的特色的地方。这个特色用现代的语言来翻译，就是要来看穿他的本质，用鲁迅当时的话，就是"不用习惯之眼光，观察一切"。他要求洞穿事物的根本。这种方法一则是由于实践方面得来的，一则是由于他使用了自然科学的方法来观察了人文科学，他的文学观察的基础一直没有和科学游离过，这是鲁迅之所以能成为一个正确的理论家惟一的关键。他在一九〇三年为《浙江潮》写文章，一面写了《斯巴达之魂》，一面写了《说钿》那样的文章，可以说明他的科学修养和文学修养同样的丰富。他运用自然科学鉴别原质，定量分析新陈代谢那样的排列、次序和道理，想看出一切之中已死的，未死的，方死的，方生的。

鲁迅在他没有接近新的科学思想方法以前，他早就在自己的论文里小说里表现了历史的进展和社会斗争的真理，预先看见了各种社会变动和政治变动的趋向，指出了有利于社会变革和民族革命的实践的方向，这时鲁迅运用的思想方法是从自然科学的观察方法运用到人文科学方面而得到与正确的科学的思想方法完全符合的结论。

一个对于旧的封建社会制度的无情的破坏者，科学的思想方法的正确的运用者，决定了鲁迅在现代中国新文化运动史上立下了不可动摇的功绩。

我们不必把鲁迅说得怎样怎样，我们实在不必比附在别国作家的品题之下来论断鲁迅，在我们这贫穷的半殖民地的国度里，我们的意识里常常囿留着一种对于先进的民主的国家（不管是对着美国，英国，或者是苏联都是一样的）的理论常常存在着一种不自觉的依附性，这是应该改掉的。

我们这一个国度，实在是太寒碜了，单单有一面镜子，是不够用的。时代鞭笞了鲁迅，使他做不成一个单单反映物象的镜子。鲁迅很知道自己的处境，鲁迅曾说过："自己吃的是草，挤出的是奶。"时代向他放了印子钱，然后向他坐讨。鲁迅接受了那一星子半点的钱，真是提起就令人难以为情。旧的家业丧失了，新的还不能喂饱肚子，一部《论语》是丢了，拾起了半部《进化论》。还得救救孩子们，养活下一代的青年。鲁迅深深的明白了自己的玩意儿的不够用，中国的方块字又堵塞了人的眼睛和耳朵，等待是不中用的，鲁迅就从民间的抗议的艺术里去寻找一种中国老百姓的（农民社会）斗争形式（请参看《朝花夕拾》里所收集的文章，《无常》，《女吊》等篇），从中国人民日常生活的世故人情里来寻出历史的法则，革命的必经的途径的。鲁迅又从中国古代的战士那里研究他们的行为和方法（像嵇康，司马迁……这些人），鲁迅把自己的目光逼着投到荒野大泽里去，在那里搜寻到他在城市里庄严的经典里尊贵的庙堂里所找不到的真理。

想理解鲁迅的工作的过程，最恰当的方法是看一看我们现在抗战建国的路，这是一条在我们民族自己的力量更生起来的路。

辛亥革命前的那些勇将们，有的落荒，有的退伍，有的颓唐，有的叛变，有的高升，有的退隐，有的前进。鲁迅经历了几次同一战阵中的伙伴发生分化的变化，但这并不能动摇革命的根本，这些现象并不能模糊了鲁迅所握住的现实的本质，他认为这些观象只要无碍于进行，愈到后来，则这队伍也就愈成为纯粹的队伍了。这种过程的把握完全适用于来观察我们现阶段的抗战建国工作，我们中华民族的光明是在天光熹微的地平线上浮现出来的，不是拧开电灯一般的那么容易，一伸手全屋就亮了。所以鲁迅永远是一些革命的罗曼蒂克者的诤友。

鲁迅几乎是用手工业的原始积累式的方法取得了他的思想的全部，用这个思想来滋润了培养了中国的更生，哺乳了千万的孩子们和青年们。青年们渴望着他，呼唤着他，要求着他，鲁迅在经济的敌人的压迫之下，作了一条被迫赶的牛，他嚼咬着草棍，挤出了牛奶。

鲁迅冲出了当时思想界的齐一，在中国新时代的民族史上起着领导的作用，这不是鲁迅自己争取的，或是青年们开会公决委派鲁迅来作代表的，这是时间和空间所赋予给他的任务和使命。

鲁迅不可能是一面只能反映的镜子，不必运用托尔斯泰像俄国革命的一面镜子而比附着说鲁迅也像中国的一面镜子。镜子这件东西是什么样儿的呢，根据贾宝玉打的灯虎子是："南面而坐，北面而朝，象忧亦忧，象喜亦喜！"是个只会反映不会指示的静止的东西。

鲁迅不是的，急遽的剧烈的社会斗争，不容许他只是反映。

鲁迅的出身是士大夫阶级的子弟，也是早期的民权主义的革命党人，这个时候是我们这个世纪刚刚开始的时候，大家侈谈富国强兵，以为这样可以救国。但鲁迅看清了他们的所谓"富国"就是自个儿发财的意思，所谓"强兵"是自个儿当官的意思，"千禄之色灼然见于外"，"于兴国何与也"（请参看《坟·文化偏至论》），和国家民族全然无关的一回子事。

鲁迅看见了这些新的官儿们，商人们依然救不了中国的，依然要腐败糜烂下去，所以这时鲁迅主张"撄人心"，要发展个性，作个活人，先要得到人的自觉然后再谈别的。当时鲁迅是一个真正的资产阶级的革命家。在一九〇七年的当儿，中国弥漫着富国强兵和立宪民治这些政治的观念，鲁迅的社会观和政

我的所爱在豪家
欲往从之兮没有汽车
即颈血涕涟如麻
爱人馈我玫瑰花
行以馈之赤练蛇
从此翻脸不理我
不知何故兮由她去罢

鲁迅

鲁迅书法

治观也是在这个阶段的，但他总觉得有什么地方不对劲儿，好像中国终究会堕入到历史的循环律去，他说："古之临民者，一独夫也；由今之道，且顿变千万无赖之尤，民不堪命矣……"鲁迅的呼吸一直是和这"民"联系在一起的。鲁迅看清了这个商人官家所组成的未来的政体是什么一回子事来了，但是怎样放民到那一个方向去，在这个阶段，是不可能找到回答的。但他能找到手工业的方法：脱去镣铐，解放个性，自由思想，发出自觉的声音来。然后可以成为一个广大的声音，"每响必中于人心"。鲁迅这时是这样主张的，是从少数主义到多数主义的一个多数论者，他认为这个方法是把握抗争的武器的最有效的方法。（请参看《全集》卷一，五八页）一般的论者常常以为鲁迅开初是个少数主义者，其实是不对的，不过这个时候的鲁迅的多数主义是掩盖在他的个性主义的观点的下面罢了。鲁迅认为最要紧的事，是要人懂得抗争，像鸡想吃到食物，必先张开嘴。他认为抗争的目的是要活（请参看《全集》卷一，六三页），所以鲁迅要使人民先要懂得争取要生活下去的那种要活的自觉。"活身是图"的自觉。

鲁迅认为唤起这种要生活下去的那种自觉，最好是采取外国的斗争的活标本，尤其是弱小民族的，看看他们是怎样站起来的，鲁迅找寻这把钥匙，像但丁似的从天堂跑到地狱，从地狱又回到人间，想看看波兰的民族，波斯尼亚的民族，芬兰，捷克，保加利亚这些个弱小的民族是怎样历经了他们的生存史呢？鲁迅想把活的斗争史料移植到中国来，他的执著在文学这方面，他的介绍西洋文学是从这个意义来出发的。鲁迅是介绍外国文学到中国来的第一个人，这一点他也承认，他在《域外小说集》的序文上说："西洋文术新宗，自此始入中土。"从这儿中国人民才和外国人民的呼吸取得联系，有着生命的共感。

鲁迅认为不把握思想的武器，单单是吃得健壮，也只是有着作阿斗的命运，或者糊里糊涂的被帝国主义者拉去作了枪靶子，他的同伴（也是他的命运）还站在旁边喝彩。思想的武器，他选择了文学。他第一个写下了中国新文学的第一个字的，他写了《狂人日记》来向吃人的礼教下所豢养的制度进攻。（请参看《呐喊》序言）他向这死人捉住了活人的因袭的壁垒毫不留情的进攻，他叫他们是"现在的屠杀者"，指出他们是些严寒的冰块，牢牢的在封锁大地，不放光明出来。鲁迅是中国用文学击退了黑暗放出了光明的第一人。蔡元培在《鲁迅全集》的序言上形容他的劳作，说他是中国新文学的开山。

所以在鲁迅逝世以后，鲁迅的光辉透过他的人格，透过他的作品，透过他的思想方法而仍然领导着青年前进，和普希金，高尔基的光辉完全没有两样。

三、一个现实主义者

高尔基在开始他的文学创作的时候，是保持着很浓厚的浪漫的气质，像他写的那篇《马嘉尔·周达》那里充满着《卡门》的情调。在读过高尔基的《老妇人伊才尔琪》那篇故事之后，科仑连珂说："你是一个写实派！"劝他不要写浪漫主义的东西。

高尔基当时带着双重的性格出现在俄罗斯的文坛，高尔基在回忆时提到科仑连珂说他道："我早已说你是一个写实派，同时又是一个浪漫派！"

高尔基在后来痛心的在反对着浪漫主义，认为它是一种对于生活厌倦和绝望而生出的气质、恐怕现实，走向自我中心的个人主义的结果，他把浪漫主义和沮丧的安那其主义并称，认为这种无限制的个人主义的妄信给浪漫主义者开了两条出路——一面是到达无纪律的安那其主义的路，一面是把他引到独裁政体或君主政体的理想化这条路上去。

鲁迅出现在中国文坛的时候，正是浪漫主义在中国盛行的时候，对鲁迅的杰出的写实的作品，非常轻视，认为鲁迅的第一本小说集里只有《不周山》一篇还勉强可以算作小说。鲁迅在这本书再版的时候，单单将它抽出，作了一个显明的答复。当时有一些主张"为艺术而艺术"的人们，说过"毒菌虽有毒而美，诗人只鉴赏其美，俗人才记得有毒"这一类的话。后来在一九二九年茅盾谈起来的时候，认为"五四"前后一派忽视了文艺的时代性，反对文艺社会化，而高唱"为艺术而艺术"的主张，是阻碍了中国文学的正常发展，引人到迷途。他认为他们拼命的制造感情主义，个人主义，享乐主义，唯美主义的"即兴小说"，弄着资产阶级文艺的玩意儿，反对锐利的观察，冷静的分析，缜密的构思，他们切齿的诅咒别人，所以"五四"

时期的没有反映时代——自然更说不到指导时代——的文学作品决不是偶然的。（请参看茅盾《读倪焕之》）

想看清我们的文学发展史是不可能脱离社会的变革史的特征来看的，我们在这里不能用法国的、英国的、俄国的文学史来要求完整的完全变态的中国文学史，中国的文学斗争是像中古世纪发展着的耶稣教徒一样，是不能和婆罗门教或喇嘛教来一道儿看的，更不能把它来和中国的佛教源流一道儿看的，耶稣教一开始是一个抗议的宗教、斗争的宗教，是在虐杀和磔刑之下慢慢建立起来的。但是中国的佛教怎样呢，佛教一到了白马寺就和中国的性命论者混合在一起，在士大夫的朝罢饭后，枕畔几旁生了根，受了天朝的眷命，成了很好的宫廷文学了。

查查欧洲先后虐杀耶稣教徒的记录，有至死不屈的，史上在姓名之前就冠一个"圣"字了，那当然就没有马鸣和尚、鸠盘罗什、玄奘、契此，那些佛教的信徒们那样的光辉灿烂了。明白这个，便知道中国只能有鲁迅，而何况中国连鲁迅也不配有！（请参看茅盾《学习鲁迅》，原载《文学》）

有人问近代的中国和明末的比较如何，鲁迅说："渔仲、亭林诸公，我以为今已无从企及，此时代不同，环境所致，亦无可奈何。中国学问，待从新整理者甚多，即如历史就该另编一部。古人告诉我们唐如何盛，明如何衰，其实唐室大有胡风，明则无赖儿郎，此种物件，都须褫其华衮，示人本相，庶青年不再乌烟瘴气，莫名其妙。其他如社会史，艺术史，赌博史，娼妓史，文祸史……都未有人着手，然而又怎能着手？居今之世，纵使在决堤灌水，飞机掷弹范围之外，也难得数年粮食，一屋图书。""赴图书馆抄录欤？上海就没有图书馆，即有之，一人无此精力时光，请书记又有欠薪之惧，所以直到现在，还是空谈。现在作人，似乎只能随时随手做点有益于人之事，倘其不能，就作些利己而不损人之事，又不能，则作些损人利己之事，只有损人而不利己的事，我是反对的，如强盗之放火是也。"

又说："今之青年，似乎比我们青年时代的青年精明，而有些也更重目前之益，为了一点小利，而反噬构陷，真大有出人意料之外者，历来所身受之事，真是一言难尽，但我总如野兽一样，受了伤，就回头钻入草莽，舐掉血迹，只多也不过呻吟几声。"

鲁迅所处的境遇是这样的，是一个没有花，没有爱，没有月亮的，太阳是不敢妄想的地方。鲁迅工作是在没有水的土地上耕种出稻子来，在这冷酷残缺乌烟瘴气的地方，鲁迅用他敢于正视现实的世界观毫不逃避的把握着现实主义走过来。

鲁迅知道自己的周遭的是什么一回子事，鲁迅知道自己的伙伴是什么一种的命运，鲁迅知道了（因为他敢于正视）敌人是从那里来的到那儿去，光明是怎样的才可以接近了的。所以鲁迅一直和为艺术而艺术的所谓浪漫派取着无视的态度。

托尔斯泰说过浪漫主义是逃避的，柯根在《世界文学史纲》上说感伤主义是和浪漫主义分不开的，这话都很正确。而中国的浪漫主义尤其具备着浓厚的感伤性和逃避性，这话提起来真是可以感伤的，这是历史辜负了他们（至于后来他们想又不辜负了历史，这时又把阶级的立场和社会经济的联系倒置了，此是后话，暂且不提）。原来"五四"到"五卅"之间，帝国主义者为了要缓和经济恐慌的袭击，加速了对中国半殖民地化的进攻，这时候家庭里的子弟，由于宗法社会的崩溃——所谓的宗法社会这个字眼下面是隐藏着作学徒、拜师父、认干爹、投亲靠友、化缘布施告帮舍善、开科及第、作制议、上条陈、作幕友、夤缘故雨、在下书房行走、庄园的食客、家僮……这些玩意儿的结果，旧的社会秩序紊乱了，不能按部就班的使他飞黄腾达起来，于是就都积聚到城市里来，中国的城市这个字眼写起来是应该在旁边加个括弧的。这时候的中国"城市"已经出现了梳着S髻儿天足的美人儿，已经有了香槟威士奇之类的外国酒，教科书上已经画着断了一只手臂的威尔逊，戴着大铁帽子的俾斯麦。中国又有新兴的名誉和光荣了，也有了拜仑穿着希腊武士装的照片（那只跛了的腿在照片上是看不出来的），歌德拿着原稿纸的照片，少年维特吻着夏绿蒂的手的画面，但丁一只手抚着左边的胸口的遇见了碧采丽丝的画面；红红绿绿的外国布，西洋绸，马车，东洋车，玻璃器，自行车；还有了不是印着墨西哥的鹰而印着袁世凯肥胖浑圆的头的大洋钱，总之中国这时的城市是代表着这些个玩意儿而说的。这个城市里没有工厂，没有大烟筒，没有大银行（钱庄还代理的执行银行的职务），有的只是布匹店，米店，当铺（是代理着高利贷的小型的农民放款的职务），洋广杂货店，瓷茶腿店，吃食店，饭馆子，江苏帮扬州帮广州帮山西帮山东帮的妓女，小学校，师范学校，大学，清华那样的留学欧美的预备学校……这个"城市"这个字眼在中国是包含这个物事而说的，请千万不要和西欧的国家的City那个字混在一起来看的。

明白这一点我们再看这些家庭的子弟在这样的城市里他们所搬运了来的浪

漫主义是怎样变了质的。

这些家庭子弟，失去了宗法社会的荫庇之后，就想在城市里得到他的荫庇。自然这所谓的"城市"的荫庇就是资产阶级的荫庇了。但是不幸得很，中国的资本主义的发展过程又是一个畸形的，新的像样的资产阶级老是建立不起来。这个晨光的中国的新兴的资产阶级，不是带着一些遗老遗少的面孔，过着依旧是庄园主的生活，趣味在鸳鸯蝴蝶之间；就是带着一些买办阶级的面孔，很有点看不起中国的拜伦（外国的拜伦自然又当别论了）。

所以这时的中国的浪漫主义者，是从新时代的英雄，资产阶级的宠儿一降而成为孤儿寡妇了，他们的雄心是想做个巨人，做个英雄，结果却做了个"不具体的侏儒"（郭沫若的话），他们的确是都市化了，摩登化了，和农村的联系逐渐的分离了。但是这时又被半殖民地的社会经济的形态给拖住，使他四体不全，所以就大大的感伤起来。因为这一感伤就很揭露了许多可以看得清楚的质素，这就是原来这些小资产阶级的流浪人所努力了的浪漫主义，是要醇酒、女人、荣誉这三件宝贝。（请参看华汉《中国新文艺运动》）但是这东西在这时候，都成了流行市面的商品了，没有钱是买不到的，他们自己虽然手里也握着文学这个商品，但是因为上面已经说过资产阶级没可能成为他们的买主，只可能在小资产阶级的都市流浪人的手里兜着转，所以他们终于成不了什么资产阶级。他们原是没落了的士绅的子弟，是流浪在亚洲社会形式的城市里的没落的士绅家的子弟，没有办法，除了"无端狂笑，无端歌哭，嘲世骂俗，牢骚满口而外，惟一的办法，只有醇酒妇人以消极的自杀"（华汉的话）。"结果同样受着中国的资产阶级的文化的不能遂其自然成长的诅咒，他们所创造出来的结果，依然不外是一些不具体的侏儒，划时代的作品在他们一群人中也终竟没有产出！"（郭沫若的话）

在这个时候，看清了中国的社会的病根，就是用吃人的礼教所维系着的社会制度——鲁迅用坚实的笔暴露出来这种祸害，毫不容情的撕毁了它的庄严的法衣，从根本地方下手作破坏工作。这时他写了很多的光辉的小说，后来都收在他的《呐喊》、《彷徨》两个集子里边。这种用细密的分析、正确的观察——多半是从自然科学来的观察方法，使他捉住了中国社会真正的矛盾所在，使他一丝也不行忽的向这吃人的制度作英勇的进攻，这种天才的工作提高了他的文学成为一个清醒的民族变革运动的论文。

这期间他写出了《阿Q正传》。

像冈察洛夫的《奥薄洛摩夫》，像契诃夫的《套中人》，屠格涅夫的《比留克》一样，不单单是在文学上写出了一个典型，而且成了日常生活里的口语中的一个字眼，现在在中国说："你这人真阿Q！"就和在俄国说："两个伊凡的吵架！"一样的被人了解，一样的简截了当。

在中国，"你这人真阿Q！"几乎是和"你这人真狐狸精！"那样的话同样的普遍运用着而且被人了解。阿Q是和中国过去的文学上所创造出来的典型"贾宝玉"、"黑旋风"、"崔莺莺"一样的被承认被运用着。

但是这个典型又绝不是过去的中国文学的典型所可比拟的。因为鲁迅用阿Q这个性格批判了中华民族的痼陋，预言了中国的未来是在这个矛盾性格的冲决之后才会有的。他在这篇文章里抨击着阿Q对于赵太爷，赵白眼，假洋鬼子的背叛的动摇性和对于"白盔白甲"的革命的幻想性，而尤其决然的反对青年们闭了眼睛忘记自己身上戴着镣铐，而又肆意讥笑别的努力想脱除镣铐的人们，反对这种鸵鸟式的精神胜利法。阿Q在被押赴到刑场的时候，还想唱着："我手执钢鞭将你打"，他很善于忘记自己身上戴着镣铐，他是很有意的不愿看清自己的命运已经演变到什么地步了。好像被押赴刑场的事不是他，而是别人的事情一样，阿Q原是很自由自在的。

阿Q还有一个特点:就是很能帮别人的忙来喝自己的彩。比如大家认为他在挨杀头的时候太不够味儿，不会说一句："再过二十年后，又是一个……"于是他就来说一句："再过二十年后，又是一个……"于是观众满意了，阿Q也满意了，阿Q不愿冲破了一般的齐一，过去的老例，他是很新鲜的保守着，过去的老例应该说一句什么话儿，他就说这么一句话，阿Q原是很自由自在的。

关于阿Q我们讨论到这儿，先停一停，将来再由另外一篇东西来研究。现在单回到本题来，鲁迅是在当时的浪漫主义、即兴主义、感伤主义、享乐主义的烟雾里，守住了现实主义的营垒不放，鲁迅在中国新文化史上是现实主义的坚强的守卫者。

我们综括了前面所讲的一些话，可以得到这样结论。

十九世纪最后三十年中俄国生活的矛盾条件，在托尔斯泰明澈的手底下（高尔基是用热情的句子赞叹了这双手的）表现出来，反映出来，陈旧的宗法社会的农奴制倒下了，俄国翻了个身，翻到资本主义的路子上头来。这个去了个佝偻送了个驼子来的翻身都是在俄国的农村上翻起来的。这个时光托尔斯泰对于正在兴起的资本主义提出了抗议，反对群众的破产，反对土地的丧失，这里显出托尔斯泰的伟大。

但鲁迅不仅仅是这样的，鲁迅的伟大在于他对中国辛亥革命后的社会提出了方案，下了针砭而且是最正确的，托尔斯泰在观念上还是个病人，而鲁迅对中国却是一个医生。

鲁迅一生的工作:最后的宣布了社会宗法的死刑了的，号召救助新时代的伟大的口号:"救救孩子!"反对绞杀"现在"毫不留情的破坏这个吃人的旧制度和它豢养下恶劣的倾向的战士。鲁迅懂得怎样揭穿一切种种的假面具，他专门能看事物的根本，又能很机敏的看见拖在后面狐狸的尾巴，鲁迅运用了科学的方法观察一切，他在世故人情的细微处看出了唯物辩证法而不露声色的在运用着它。鲁迅是一个正确的理论家。一个为了历史的进展和社会斗争的真理而奋斗的实行者。鲁迅懂得了救助这个民族必须第一着把握住思想的武器，先要破坏了声音的窒息者。他知道哪个先，哪个后，先要发出自觉的声音，他最先这样提出来的。后来他为一个给中学生看的一个很好刊物的访问，他曾反复了二十多年前他所说的要求着声音的自由的话。鲁迅懂得要救中国得认清抗争的目的是要活，鲁迅为了要培养这些力量，就制造出工具来，他用《狂人日记》作了中国新文学的开山。鲁迅运用了现实主义，而且永远卫护着它，而且用它创造了中国新文学最光辉的典型。

所以说鲁迅是一面旗子。

一九三九年六月二十一日写

（原载1940年《文艺阵地》第5卷第2期）

郁达夫写沈从文

◎给一位文学青年的公开状

沈从文（1902~1988年），原名沈岳焕，笔名休芸芸、甲辰、上官碧、璇若等，乳名茂林，字崇文。湖南凤凰县人，祖母刘氏是苗族，其母黄素英是土家族，祖父沈宏富是汉族。沈从文是现代著名作家、历史文物研究家、京派小说代表人物。14岁时，他投身行伍，浪迹湘川黔边境地区。1924年开始文学创作，抗战爆发后到西南联大任教，1931年至1933年在山东大学任教。1946年回到北京大学任教，新中国成立后在中国历史博物馆和中国社会科学院历史研究所工作，主要从事中国古代历史的研究。1988年病逝于北京。

沈从文

郁达夫与沈从文是以名作家、大学教授收到青年文学爱好者的求援信后认识的，郁达夫慷慨大方地提携沈从文，并且发表了一篇著名的公开信，声讨了黑暗社会。沈从文是受恩于郁达夫的晚辈。但是很明显两个人后来的事业与生活没有更多的交集。

给一位文学青年的公开状

今天的风沙实在太大了，中午吃饭之后，我因为还要去教书，所以没有许多工夫，和你谈天。我坐在车上，一路的向北走去，沙石飞进了我的眼睛，一直到午后四点钟止，我的眼睛四周的红圈，还没有褪尽。恐怕同学们见了要笑我，所以于上课堂之先，我从高窗口在日光大风里把一双眼睛曝晒了许多时。我今天上你那公寓里来看了你那一副样子，觉得什么话也说不出来。现在我想趁着这大家已经睡寂了的几点钟功夫，把我要说的话，写一点在纸上。

平素不认识的可怜的朋友，或是写信来，或是亲自上我这里来的，很多很多，我因为想报答两位也是我素不认识而对于我却有十二分的同情过的朋友的厚恩起见，总尽我的力量帮助他们。可是我的力量太薄弱了，可怜的朋友太多了，所以结果近来弄得我自家连一条棉裤也没有。这几天来天气变得很冷，我老想买一件外套，但始终没有买成。尤其是使我羞恼的，因为恰逢此刻，我和同学们所读的书里，正有一篇俄国郭哥儿著的嘲弄像我们一类人的小说《外套》。现在我的经济状态，比从前并没有什么宽裕，从数目上讲起来，反而比从前要少——因为现在我不能向家里去要钱化，每月的教书钱，额面上虽则有五十三加六十四合一百十七块，但实际上拿得到的只有三十三四块——而我的嗜好日深，每月光是烟酒的账，也要开销二十多块。我曾经立过几次对天的深誓，想把这一笔靡费戒省下来，但愈是没有钱的时候，愈想喝酒吸烟。向你讲这一番苦话，并不是因为怕你要问我借钱，先事预防，我不过欲以我的身体来做一个证据，证明目下的中国社会的不合理，以大学校毕业的资格来糊口的你

郁达夫与王映霞

那种见解的错误罢了。

引诱你到北京来的，是一个国立大学毕业的头衔，你告诉我说，你的心里，总想在国立大学弄到毕业，毕业以后至少生计问题总可以解决。现在学校都已考完，你一个国立大学也进不去，接济你的资金的人，又因他自家的地位动摇，无钱寄你，你去投奔你同县而且带有亲属的大慈善家H，H又不纳，穷极无路，只好写封信给一个和你素不相识而你也明明知道是和你一样穷的我，在这时候这样的状态之下，你还要口口声声的说什么大学教育，"念书"，我真佩服你的坚忍不拔的雄心。不过佩服虽可佩服，但是你的思想的简单愚直，也却是一样的可惊可异。现在你已经是变成了中性——半去势的文人了，有许多事情，譬如说高尚一点的，去当土匪，卑微一点的，去拉洋车等事情，你已经是干不了的了，难道你还嫌不足，还要想穿几年长袍，做几篇白话诗，短篇小说，达到你的全去势的目的么？大学毕业，以后就可以有饭吃，你这一种定理，是那一本书上翻来的？

像你这样一个白脸长身，一无依靠的文学青年，即使将面包和泪吃，勤勤恳恳的在大学窗下住它五六年，难道你拿毕业文凭的那一天，天上就忽而会下起珍珠白米的雨来的么？

现在不要说中国全国，就是在北京的一区里头，你且去站在十字街头，看见穿长袍黑马褂或哔叽旧洋服的人，你且试对他们行一个礼，问他们一个人要一个名片来看看，我恐怕你不上半天，就可以积起一大堆的什么学士，什么博士来，你若再行一个礼，问一问他们的职业，我恐怕他们都要红红脸说，"兄弟是在这里找事情的。"他们是什么？他们都是大学毕业生吓，你能和他们一样的有钱读书么？你能和他们一样的有钱买长袍黑马褂哔叽洋服么？即使你也和他们一样的有了读书买衣服的钱，你能保得住你毕业的时候，事情会来找你么？

大学毕业生坐汽车，吸大烟，一掷千金的人原是有的。然而他们都是为新上台的大老经手减价卖职的人，都是有大力枪杆在后面援助的人，都是有几个什么长在他们父兄身上的人，再粗一点说，他们至少也都是会爬乌龟钻狗洞的人，你要有他们那么的后援，或他们那么的乌龟本领，狗本领，那么你就是大学不毕业，何尝不可以吃饭？

我说了这半天，不过想把你的求学读书，大学毕业的迷梦打破而已。现在为你计，最上的上策，是去找一点事情干干。然而土匪你是当不了的，洋车你也拉不了的，报馆的校对，图书馆的拿书者，家庭教师，看护男，门房，旅馆火车菜馆的伙计，因为没有人可以介绍，你也是当不了的——我当然是没有能力替你介绍——所以最上的上策，于你是不成功的了。其次你就去革命去罢，去制造炸弹去罢！但是革命是不是同割枯草一样，用了你那裁纸的小刀，就可以革得成的呢？炸弹是不是可以用了你头发上的灰垢和半年不换的袜底里的污泥来调合的呢？这些事情，你去问上帝去罢！我也不知道。

比较上可以做得到，并且也不失为中策的，我看还是弄几个旅费，回到湖南你的故土，去找出四五年你不曾见过的老母和你的小妹妹来，第一天相持对哭一天，第二天因为哭了伤心，可以在床上你的草窠里睡去一天，既可以休养，又可以省几粒米下来熬稀粥，第三天以后，你和你的母亲妹妹，若没有衣服穿，不妨三人紧紧的挤在一处，以体热互助的结果，同冬天雪夜的群羊一样，倒可以使你的老母不至冻伤，若没有米吃，你在日中天暖一点的时候，不妨把年老的母亲交付给你妹妹的身体烘着，你自己可以上村前村后去掘一点草根树根来煮汤吃。草根树根里也有淀粉，我的祖母未死的时候，常把洪杨乱日，她老人家尝过的这滋味说给我听，我所以知道。现在我既没有余钱可以赠你，就把这秘方相传，作个我们两位穷汉，在京华尘土里相遇的纪念罢！若说草根树根，也被你们的督军省长师长议员知事掘完，你无论走往何处再也找不出一块一截来的时候，那么你且咽着自家的口水，同唱戏似的把北京的豪富人家的蔬菜，有色有香的说给你的老母亲小妹妹听听，至少在未死前的一刻半刻钟中间，你们三个昏乱的脑子里，总可以大事铺张的享乐一回。

但是我听你说，你的故乡连年兵灾，房屋田产都已毁尽，老母弱妹也不知是生是死。五年来音信不通，并且现在回湖南的火车不开，就是有路费也回去不得，何况没有路费呢！

上策不行，次之中策也不行，现在我为你实在是没有什么法子好想了。不得已我就把两个下策来对你讲罢！

第一，现在听说天桥又在招兵，并且听说取得极宽，上自五十岁的老人起，下至十六七岁的少年止，一律都收，你若应募之后，马上开赴前敌，打

青年时期的沈从文

死在租界以外的中国地界，虽然不能说是为国效忠，也可以算得是为招你的那个同胞效了命，岂不是比饿死冻死在你那公寓的斗室里，好得多么？况且万一不开往前敌，或虽开往前敌而不打死的时候，只教你能保持你现在的这种纯洁的精神，只教你能有如现在想进大学读书一样的精神来宣传你的理想，难保你所属的一师一旅，不为你所感化。这是下策的第一个。

第二，这才是真真的下策了！你现在不是只愁没有地方住没有地方吃饭而又苦于没有勇气自杀么？你的没有能力做土匪，没有能力拉洋车，是我今天早晨在你公寓里第一眼看见你的时候，已经晓得的。但是有一件事情，我想你还能胜任的，要干的时候一定是干得到的。这是什么事情呢？啊呀，我真不愿意说出来——我并不是怕人家对我提起诉讼，说我在唆使你做贼，啊呀，不愿意说倒说出来了，做贼，做贼，不错，我所说的这件事情就是叫你去偷窃呀！

无论什么人的无论什么东西，只教你偷得着，尽管偷罢！偷到了，不被发觉，那么就可以把这你偷自他、他抢自第三人的，在现在的社会里称为赃物，在将来进步了的社会里，当然是要分归你有的东西，拿到当铺——我虽然不能为你介绍职业，但是像这样的当铺却可以为你介绍几家——里去换钱用。万一发觉了呢？也没有什么。第一你坐坐监牢，房钱总可以不付了。第二监狱里的饭，虽然没有今天中午我请你的那家馆子里的那么好，但是饭钱可以不付的。第三或者什么什么司令，以军法从事，把你枭首示众的时候，那么你的无勇气的自杀，总算是他来代你执行了，也是你的一件快心的事情，因为这样的活在世上，实在是没有什么意思。

我写到这里，觉得没有话再可以和你说了，最后我且来告诉你一种实习的方法罢！

你若要实行上举的第二下策，最好是从亲近的熟人方面做起。譬如你那位同乡的亲戚老H家里，你可以先去试一试看。因为他的那些堆积在那里的富财，不过是方法手段不同罢了，实际上也是和你一样的偷来抢来的。你若再慑于他的慈和的笑里的尖刀，不敢去向他先试，那么不妨上我这里来作个破题儿试试。我晚上卧房的门常是不关，进去很便。不过有一件缺点，就是我这里没有什么值钱的物事。但是我有几本旧书，却很可以卖几个钱。你若来时，最好是预先通知我一下，我好多服一剂催眠药，早些睡下，因为近来身体不好，晚上老要失眠，怕与你的行动不便。还有一句话——你若来时，心肠应该要练得硬一点，不要因为是我的书的原因，致使你没有偷成，就放声大哭起来——

一九二四年十一月十三日午前二时

沈从文写郁达夫

◎郁达夫张资平及其影响

郁达夫（1896～1945年），名文，字达夫，出生于浙江富阳满洲弄（今达夫弄）的一个知识分子家庭。幼年贫困的生活促使他发愤读书，成绩斐然。第一部短篇小说集《沉沦》问世，在当时产生很大影响。1928年加入太阳社，并在鲁迅支持下，主编《大众文艺》。1930年3月，中国左翼作家联盟成立，为发起人之一。12月，小说《迟桂花》发表。

郁达夫

1942年，日军进逼新加坡，与胡愈之、王任叔等人撤退至苏门答腊，化名赵廉。

1945年在苏门答腊失踪，关于其死亡的推测最早出于胡愈之的文章，胡文中推测郁达夫是为日本宪兵所杀害。

郁达夫的一生，胡愈之先生曾作这样的评价：在中国文学史上，将永远铭刻着郁达夫的名字，在中国人民法西斯战争的纪念碑上，也将永远铭刻着郁达夫烈士的名字。

1936年，《从文小说习作选》出版时，沈从文曾写道："这样一本厚厚的书能够和你们见面，需要出版者的勇气，同时还有几个人，特别值得记忆，我也想向你们提提：徐志摩先生，胡适之先生，林宰平先生，郁达夫先生……这十年来没有他们对我的种种帮助和鼓励，这本集子里的作品不会产生，不会存在。"这种表述方法耐人寻味。沈从文是一个高产的作家，可是，他没有留下关于郁达夫的回忆或纪念追悼文章，偶尔可见的，也只是关于郁达夫的文学评论文章。

郁达夫张资平及其影响

这两人，是国内年青人皆知道的。知道第一个会写感伤小说，第二个会写恋爱小说。使人同情也在这一点，因为这是年青人两个最切身的问题。穷，为经济所苦恼，郁达夫那自白的坦白，仿佛给一切年青人一个好机会，这机会是用自己的文章，诉之于读者，使读者有"同志"那样感觉。这感觉是亲切的。友谊的成立，是一本《沉沦》。其他的作品，可说是年青人已经知道从作者方面可以得到什么东西以后才引起的注意，是兴味的继续，不是新的发现。实在说来，我们也并没有在《沉沦》作者其他作品中得到新的感动。《日记九种》，《迷羊》，全是一贯的继续下来的东西。对于《日记九种》发生更好印象，那理由，就是我们把作家一切生活当作一个故事，从作品认识作家，所以《日记九种》据说有出版界空前的销路。看《迷羊》也仍然是那意义。似乎我们活到这世界上，不能得人怜悯，也无机会怜悯别人，读一下《沉沦》一类东西，我们就有一种同情作者的方便了。这里使我们相信一个作家态度的正确，是在另一件事上。似乎像是在论文中，作者曾引另外一个作家的话，说文学是"表现自己"。仿佛还有下面补充，"文学表现自己越忠实越有成就"。又好像这是为卢骚《忏悔录》而言，又像是为对于加作者以冷嘲的袭击而作的抗议。表现自己，是不是文学绝对的法则，把表现自己意义只包括在写自己生活心情的一面，这问题，加以最简单的解释，也可以说一整天。因为界限太宽，各处小节上皆有承认或否认理由。但说到《沉沦》作者那态度，是显然在"表现自己"——"最狭意义"上加以拥护的。把写尽自己心上的激动一点为最大义务，是自然主义的文学的表现方法。郁达夫，是这样一个人。他也就因为这方法的把持，不松手，从起首到最近，还是一个模样，他的成就算是最纯净的成就。

但是到现在，怎么样？现在的世评，于作者是不利的。时代方向掉了头，这是一个理由。还有更大更属于自己的一个理由，是他自己把那一个创作的冲动性因恋爱消失，他不能再用他那所长的一套"情欲的忧郁"行动装到自己的灵魂上，他那性格，又似乎缺少写《情书一束》作者那样能在歌颂中度日子的自白精神，最适宜于写情诗的生活中此时的他，却腼腆了，消沉了。对作者有所失望的青年，如能从这方面了解作者，或者会觉得不好意思对作者加以无怜悯的讽刺的。因为在"保持自己"这一点上看来，缺少取巧，不作夸张的郁达夫，是仍然有可爱处的郁达夫。他的沉默也仍然告给我们"忠于自己"的一种可尊敬的态度。

他那由于病弱的对于世态的反抗，或将正可以抛弃了"性的忧郁"那一面，而走到更合用更切实的社会运动提倡者的向上的一面。

另外有相似处或相同处，然而始终截然立于另一地位上的是张资平。提起张资平，我们所生的印象，似乎是可以毫不惊讶的说："这是中国大小说家！"

请注意大字，是数量的大。是文言文"汗牛充栋"那个意思。他的小说真多，这方面，也真有了不得的惊人能耐。不过我们若是愿意去在他那些小说中加以检察、考据或比较，就可知道那容易产生的理由了。还有人说，这作者一定得有人指出什么书从什么书译出以后，作者才肯声明那是译作的。其实，少数的创作，也仍然是那一个模型出来的。似乎文人的笔，也应当如母亲的身，对于所生产的一切全得赋予一个相类的外表，相通的灵魂。张资平的作品常常是孪生的。常常让读者疑心，两篇文章不单出于一只手，且出于同一时间。忠厚的说，就是他那文章"千篇一律"。

这里就有问题了。为什么郁达夫的一套能引起人同情，张资平那一套却永远是失败呢？因为那是两种方向。一个表白自己，抓得着自己的心情上因时间空间而生的变化，那么读者也将因时间空间的距离，读郁达夫小说发生兴味以及感兴。张资平，写的是恋爱，三角或四角，永远维持到一个通常局面下，其中纵不缺少引起挑逗抽象的情欲感应，在那里抓年轻人的心，但在艺术、思想、力、美各方面，是很少人承认那作品是好作品的。我们是因为在上海的缘故，许多人皆养成一种读小报的习惯。不拘是《晶报》，或是别的，总而言之把那东西放在身边时，是明知道除了说闲话的材料以外将毫无所得的。但我们从不排斥这样小报。张资平小说，其所以使一些人发生欢喜，放到枕下，赠给爱人，也多数是那样原因。因为它帮助了年青人在很不熟习的男女事情方面得到一个荒唐犯罪的方便。在他全集里，每一篇皆给我们一个证据。郁达夫作品告给我们生理的烦闷，我们却从张资平作品得到了解决。

所以张资平也仍然是成功了的：他"懂大众"，把握"大众"，且知道"大众要什么"，比提倡大众文艺的郁达夫似乎还高明，就按到那需要，造了一个卑下的低级的趣味标准。

使他这样走他自己的道路的，是在《创造》上起首的几种作品发表后所得到年青人的喝彩。那时的同情是空前的。作者在收了"友谊的利息"以后，成了"能生产"的作者了。

怎么样会到这样？是读者。五四运动在年青人方面所起的动摇，是全国的一切青年的心。然而那做人的新的态度，文学的新的态度，是仅仅只限于活动中心的北京的。其波动，渐远渐弱，取了物理公律，所以中国其余省分，如广西，如云南，是不受影响的。另外因民族性那种关系，四川湖南虽距离较远，却接受了这运动的微震，另作阔度的摆动。因为地方习惯以及旧势力反应的关系，距离较近的上海，反而继续了一种不良趣味不良嗜好。这里我们又有来谈一谈"礼拜六"这个名称所附属的文学趣味的必要了。现在说"礼拜六"派，大家所得的概念是暧昧的，不会比属于政治趣味的改组派，以及其他什么派为容易明白。或者说这是盘据在上海各报纸附张上作文的一般作品而言，或者说象现在小报的趣味，或者……其实，礼拜六派所造成的趣味，是并不比某一种新文化运动者所造成的趣味为两样的。当年的礼拜六派，是大众的趣味所在的制造者。是有实力的，能用他们的生活，也是忠实，也是大胆，……错误或失败的地方，只是绅士阶级对绅士阶级的文字的争夺，到了肉搏的情况，到后是文言文失败，思想方面有了向新的一面发展的机会，人道的，民众的，这类名词培养在一般人口上，而且那文学概念也在年青人心上滋长，因此礼拜六派一种趣味便被影响、攻击而似乎失败了。其实呢，礼拜六派并不足代表绅士的。礼拜六派只可以说是海派，是上海地方的一切趣味的表现。此时这类趣味的拥护者、制造者、领会者依然存在，新文学运动并不损及他们丝毫。新文学发展，自然是把内地一些年青人的礼拜六趣味夺去了。但这本不是礼拜六派应有的同志，不过当时只有《礼拜六》可看，这些年青人就倾向于"礼拜六"那种方便罢了。

承继《礼拜六》，能制礼拜六派死命的，使上海一部分学生把趣味掉到另一方向的，是如像良友一流的人物。这种人分类应当在新海派。他们说爱情，文学，电影以及其他，制造上海的口胃，是礼拜六派的革命者。帮助他们这运动的是基督教所属的学生，是上帝的子弟，是美国生活的摹仿者，作进攻礼拜六运动而仍然继续礼拜六趣味发展的有《良友》一类杂志。

这里我们有为难处了，就是把身在创造社作左倾文学运动的张资平的作品处置的费事。论性质、精神以及所给人的趣味的成分，张资平作品最相宜的去处，是一面看《良友》上女校皇后一面谈论电影接吻方法那种大学生的书桌上。在这些地方，有他最诚实的读者以及最大的成就。由他手写出的革命文学，也仍然是要这种读者来欣赏的。

放到别的去处呢，也仍然是成功，因为他那味道有一种十六岁到二十四五岁年青男女共通的甜处，可是一个不以欣赏皇后小影为日课的年青人（譬如说内地男女分校的中学生），是不懂那文章好处的。

张资平作品的读者，在上海，应当比别的作家的读者为多，才不是冤屈。

至于两人的影响，关于作风的，现在可数出那因影响而成功的，有下面几个人可提：

间接的，又近于直接而以女性本身为基础，走出自己的路，到现在尚常为人称道大胆作家的，有冯沅君女士。在民十左右，会有女子能在本身上加以大胆的解剖，虽应当说是五四运动力量摇动于女子方面当然的结果，但，在所取的方向上，以及帮助这不安于现状叫喊的观点上，我们得承认，这以淦女士笔名发表他的《隔绝之后》，显然是有了创造社作家的启示，才会产生那作品的。

另外一个——或者说一群，就是王以仁、叶鼎洛、周全平、倪贻德、叶灵凤等作风与内含所间接为郁达夫或创造社影响的那一面，显出了与以北平作根据而活动于国内的文学运动稍稍异型。趣味及文体，那区别，是一个略读现代中国文学作品的人即可以指出的。那简直可以说是完全两样东西。一个因守了白话运动所标的实在主义，用当时所承受的挪威易卜生以及俄国几个作家思想，作为指导及信仰，发展到朴素实在一面去。一个则因为缺少这拘束，且隐隐反抗这拘束，由上海创造社作大本营，挂了尼采式的英雄主义，或波特莱尔的放荡颓废自弃的喊叫，成了到第二次就接受了最左倾的思想的劳动文学的作者集团，且取了进步的姿态，作高速度的跃进。

但基础，这些人皆是筑于一个华丽与夸张的局面下，文体的与情绪的，皆仍然不缺少那"英雄的向上"与"名士的放纵"相纠结，所以对于"左倾"这意义，我们从各作者加以检察，似乎就难于随便首肯了。

取向前姿势，而有希望向前，能理解性苦闷以外的苦闷，用有风采的文字表现出来，是郁达夫。张资平，一个聪明能干的人，他将在他说故事的方向上永远保守到"博人同意"一点上，成为行时的人去了。张资平是会给人趣味不会给人感动的，因为他的小说，差不多全是一些最适宜于安插在一个有美女照片的杂志上面的故事。

在新的时代开展下，郁达夫为一种激浪所影响，或将给我们一个机会加以诚实的敬视。张资平自然也不缺少这机会，那是因为他写故事的勇敢与耐力，取恋爱小说内含，总可以希望写出一个好东西来。伟大的故事，自然不一定要排斥这人间男女的事情，我们现在应当承认张资平的小说，是还能影响到一般新兴的作者，且在有意义的暗示中，产生轮廓相近而精神不同的作品的。

巴金写沈从文

◎怀念从文

巴金（1904～2005年），四川成都人，祖籍浙江嘉兴。原名李尧棠，现代文学家、出版家、翻译家。同时也被誉为是"五四"新文化运动以来最有影响的作家之一，是20世纪中国杰出的文学大师、中国当代文坛的巨匠。1927年完成第一部中篇小说《灭亡》，发表后引起强烈反响。1982年获"国际但丁文学奖"。散文集《随想录》(包括《随想录》《探索集》、《真话集》、《病中集》、《无题集》)。其中《家》是巴金的代表作，也是我国现代文学史上最卓越的作品之一。

巴金

巴金与沈从文是志同道合的朋友与同行，两个人私交甚笃，虽然在新中国成立后，巴金积极以文学创作迎接新社会新时代，而沈从文则封笔不再写文学作品，一头扎进历史博物馆的文物文献故纸堆中，另起炉灶搞起了物质文化史研究著述，但是，两个人的精神仍然是休戚相关的。巴金去世前有很多年都是中国作家中年龄最长、地位最高、声誉最隆的标志性人物。

怀念从文

一

　　今年5月10日从文离开人世，我得到他夫人张兆和的电报后想起许多事情，总觉得他还同我在一起，或者聊天，或者辩论。他那温和的笑容一直在我眼前。隔一天我才发出回电："病中惊悉从文逝世，十分悲痛。文艺界失去一位杰出的作家，我失去一位正直善良的朋友，他留下的精神财富不会消失。我们三十、四十年代相聚的情景还历历在目。小林因事赴京，她将代我在亡友灵前敬献花圈，表达我感激之情。我永远忘不了你们一家。请保重。"都是些极普通的话。没有一滴眼泪，悲痛却在我的心里，我也在埋葬自己的一部分。那些充满信心的欢聚的日子，那些奋笔和辩论的日子都不会回来了。这些年我们先后遭逢了不同的灾祸，在泥泞中挣扎，他改了行，在长时间的沉默中，取得卓越的成就。我东奔西跑，唯唯诺诺，羡慕枝头欢叫的喜鹊，只想早日走尽自我改造的道路。得到的却是十年一梦，床头多了一盒骨灰。现在大梦初醒，却仿佛用尽全身力气，不得不躺倒休息。白白地望着远方灯火，我仍然想奔赴光明，奔赴希望。我还想求助于一些朋友，从文也是其

巴金和家人　1962年摄于巴金的书房

中的一位，我真想有机会同他畅谈！这个时候突然得到他逝世的噩耗，我才明白过去那一段生活已经和亡友一起远去了。我的唁电表达的就是一个老友的真实感情。

一连几天，我翻看上海和北京的报纸，我很想知道一点从文最后的情况。可是日报上我找不到这个敬爱的名字。后来才读到新华社郭玲春同志简短的报导，提到女儿小林代我献的花篮，我认识郭玲春，却不理解她为什么这样吝惜自己的笔墨，难道不知道这位热爱人民的善良作家的最后牵动着全世界多少读者的心?! 可是连这短短的报道多数报刊也没有采用。小道消息开始在知识界中流传。这个人究竟是好是病，是死是活，他不可能像轻烟散去，未必我得到噩耗是在梦中?! 一个来探病的朋友批评："我你错怪了郭玲春，她的报道没有受到重视，可能因为领导不曾表态，人们不知道用什么规格发表讣告、刊载消息。不然大陆以外的华文报纸刊出不少悼念文章，惋惜中国文坛巨大的损失，而我们的编辑怎么能安心酣睡，仿佛不曾发生任何事情?! "

我并不信服这样的论断，可是对我谈论规格学的熟人不止他一个，我必须寻找论据答复他们。这个时候小林回来了，她告诉我她从未参加过这样感动人的告别仪式。她说没有达官贵人，告别的只是些亲朋好友。厅子里播放死者生前喜爱的乐曲。老人躺在那里，十分平静，仿佛在沉睡，四周几篮鲜花，几盆绿树。每个人手中拿一朵月季，走到老人跟前，行了礼，将花放在他身边。没有哭泣没有呼唤，也没有噪音惊醒他。人们就这样安静地跟他告别，他就这样坦然地远去。小林说不出这是一种什么规格的告别仪式，她只感觉到庄严和真诚。我说正是这样，他走得没有牵挂、没有遗憾，从容地消失在鲜花和绿树丛中。

二

100多天过去了。我一直在想从文的事情。

我和从文见面在1932年。那时我住在环龙路我舅父家中。南京《创作月刊》的主编汪曼铎来上海组稿，一天中午请我在一家俄国西菜社吃中饭，除了我还有一位客人，就是从青岛来的沈从文。我去法国之前读过他的小说，1928年下半年在巴黎，我几次听见胡愈之称赞他的文章，他已经发表了不少的作品。我平日讲话不多，又不善于应酬。这次我们见面谈了些什么，我现在毫无印象，只记得谈得很融洽。他住在西藏路上的一品香旅社，我同他去那里坐了一会，他身边有一部短篇小说集的手稿，想找个出版的地方，也需要用它换点稿费。我陪他到闸北新中国书局，见到了我认识的那位出版家，稿子卖出去了，书局马上付了稿费。小说过四五个月印了出来，就是那本《虎雏》。他当天晚上去南京，我同他在书局门口分手时，他要我到青岛去玩，说是可以住在学校的宿舍里。我本来要去北平，就推迟了行期，9月初先去青岛，只是在动身前写封短信通知他。我在他那里过得很愉快，我随便，他也随便，好像我们有几十年的交往一样。他的妹妹在山东大学念书，有时也和我们一起出去走走、看看。他对妹妹很友爱，很体贴，我早就听说，他是自学出身，因此很想在妹妹的教育上多下功夫，希望她熟悉他自己想知道却并不很了解的一些知识和事情。

在青岛他把他那间屋子让给我，我可以安静地写文章、写信，也可以毫无拘束地在樱花林中散步。他有空就来找我，我们有话就交谈，无话便沉默。他比我讲得多些，他听说我不喜欢在公开场合讲话，便告诉我他第一次在大学讲课，课堂里坐满了学生，他走上讲台，那么多年轻的眼睛望着他，他红着脸，一句话也讲不出来，只好在黑板上写了五个字："请等五分钟。"他就是这样开始教课的。他还告诉我在这之前，他每个月要卖一部稿子养家，徐志摩常常给他帮忙，后来，他写多了，卖稿有困难，徐志摩便介绍他到大学教书，起初到上海中国公学，以后才到青岛大学，当时青大的校长是小说《玉君》的作者杨振声，后来他到北平工作，还是和从文在一起。

在青岛我住了一个星期。离开的时候，他知道我要去北平，就给我写了两个人的地址，他说到北平可以去看这两个朋友，不用介绍只提他的名字，他们就会接待我。

在北平我认识的人不多，我也去看望了从文介绍的两个人，一位姓程，一位姓夏；一位在城里工作，业余搞点翻译。一位在燕京大学教书。一年后我再到北平，还去燕大夏云的宿舍里住了十几天，写完了中篇小说《电》。我只说是从文介绍，他们待我十分亲切。我们谈文学，谈得更多的是从文的事情，他们对他非常关心，以后我接触到更多的从文的朋友，我注意到他们对他都有一种深的感情。

在青岛我就知道他在恋爱。第二年我去

1949年夏，巴金、沈从文、张兆和、章靳以、李健吾在北平的合影

南方旅行，回到上海，得到从文和张兆和在北平结婚的消息，我发去贺电，祝他们"幸福无量"。从文来信要我到他的新家作客。在上海我没有事情，决定到北方去看看。我先去天津南开大学，同我哥哥李尧林一起生活了几天，便搭车去北平。

我坐人力车去府右街达子营，门牌号数记不起来了，总之，顺利地到了沈家。我只提了一个藤包，里面一件西装上衣、两三本书和一些小东西。从文带笑地紧紧握着我的手说："你来了。"就把我接进客厅。又介绍我认识他的新婚夫人，他的妹妹也在这里。

客厅连接一间屋子，房内有一张书桌和一张床，显然是主人的书房。他把我安顿在这里。

院子小，客厅小，书房也小，然而非常安静，我住得很舒适。正房只有小小的3间，中间那间又是饭厅，我每天去3次就餐，同桌还有别的客人，都让我坐上位，因此感到一点拘束。但是除了这个，我在这里完全自由活动，写文章看书，没有干扰，除非来了客人。

我初来时从文的客人不算少，一部分是教授、学者，另一部分是作家和学生。他不在大学教书了。杨振声到北平主持一个编教科书的机构，从文就在这机构里工作，每天照常上、下班，我只知道朱自清同他在一起。这个时期，他还为天津《大公报》编辑《文艺》副刊，为了写稿和副刊的一些事情，经常有人来同他商谈。这些已经够他忙了，可是他还有一件重要的工作：天津《国闻周报》上的连载《记丁玲》。

根据我当时的印象，不少人焦急地等待看每一周的《国闻周报》。这连载是受到欢迎、得到重视的。一方面人们敬爱丁玲，另一方面从文的文章有独特的风格，作者用真挚的感情讲出读者的心里的话。丁玲几个月前被捕，我从上海动身时，《良友文学丛书》的编者赵家璧委托我向从文组稿，他愿意出高价得到这部"好书"，希望我帮忙，不让别人把稿子拿走。我办到了，可是出版界的形势越来越恶化，赵家璧拿到全稿，已无法编入丛书排印，过一两年，他花几百元买下一位图书审查委员的书稿，算是行贿，《记丁玲》才有机会作为《良友文学丛书》见到天日。可是删削太多，尤其是后半部那么多的××！以后也没有能重版，更谈不上恢复原貌了。

55年过去了，从文在达子营写连载的事，我还不曾忘记，写到结尾他有些紧张他不愿辜负读者的期待，又关心朋友的安危，交稿期到，他常常写作通宵。他爱他的老友，他不仅为她呼吁，同时也在为她的自由奔走。也许这呼吁、这奔走没有多大用处，但是他尽了全力。

最近我意外地找到1944年12月14日写给从文的信，里面有这样的话："前两个月我和家宝常见面，我们谈起你，觉得在朋友中待人最好、最热心帮忙人的只有你，至少你是第一个。"这是真话。

我记不起我是在什么情形里写下这一段话。但这的确是真话。在1934年也是这样，在1985年我最后一次看见他，他在家养病，假牙未装上，讲话不清楚。几年不见他，有一肚皮的话要说，首先就是1944年12月信上那几句。但是望着病人的浮肿的脸，坐在堆满书的小房间里，我觉得有什么东西堵塞了咽喉，我仿佛回到了1934年、1933年。多少人在等待《国闻周报》上的连载，他那样勤奋工作，那样热情写作。《记丁玲》之后又是《边城》，他心爱的家乡的风景和他关心的小人物的命运，这部中篇经过几十年并未失去它的魅力，还鼓舞美国的学者长途跋涉，到美丽的湘西寻找作家当年的脚迹。

我说过，我在从文家作客的时候，他编辑的《大公报·文艺》副刊和读者见面了。单是为这个副刊他要做三方面工作：写稿、组稿、看稿。我也想得到他的忙碌，但从未听见他诉苦。我为《文艺》写过一篇散文，发刊后我拿回原稿。这手稿我后来捐赠北京图书馆了。我的钢笔字很差，墨水浅淡，只能说是勉强可读，从文却用毛笔填写得清清楚楚。我真想谢谢他，可是我知道他从来就是这样工作，他为多少年轻人看稿、改稿，并设法介绍出去。他还花钱刊印一个青年诗人的第一本诗集并为它作序。不是听说，我亲眼见到那本诗集。

从文就是这样一个人。他不喜欢表现自己。可是我和他接触较多，就看出他身上有不少发光的东西。不仅有很高的才华，他还有一颗金子般的心。他工作多，事业发展，自己并不曾得到什么报酬，反而引起不少的吱吱喳喳。那些吱吱喳喳加上多少年的小道消息，发展为今天所谓的争议，这争议曾经一度把他赶出文坛，不让他给写进文学史。但他还是默默地做他的工作（分派给他的新的工作）。在极端困难的条件下，一样地做出出色的成绩。我接到从香港寄来的那本关于中围服装史的大书，一方面为老友新的成就感到兴奋，一方而又痛惜自己浪费掉的几十年的光阴。我想起来了，就是在他那个新家的客厅里，他对我不止讲过一次这样的话："不要浪费时间。"后来他在上海对我，对靳以，对萧乾也讲过类似的话。我当时并不同意，不过我相信他是出于好心。

我在达子营沈家究竟住了两个月或三个月，现在讲不清楚了。这说明我的病（帕金森氏综合症）在发展，不少的事逐渐走向遗忘。所以有必要记下不曾忘记的那些事情。不久靳以为文学季刊社在三座门大街14号租了房子，要我同他一起搬过去，我便离开了从文家。在靳以那里一直住到第二年7月。

北京图书馆和北海公园都在附近，我们经常去这两处。从文非常忙，但在同一座城里，我们常有机会见面，从文还定期为《文艺》副刊宴请作者。我经常出席。他仍然劝我不要浪费时间，我发表的文章他似乎全读过，有时也坦率地提些意见，我知道他对我很关心，对他们夫妇，我只有好感，我常常开玩笑地说我是他们家的"食客"，今天回想起来，我还感到温暖。1934年《文学季刊》创刊，兆和为创刊号写稿，她的第一篇小说《湖畔》受到读者欢迎。她唯一的短篇集后来就收在我主编的《文学丛刊》里。

三

我提到坦率，提到真诚，因为我们不把话藏在心里，我们之间自然会出现分歧，我们对不少的问题都有不同的看法。可是我要承认我们有过辩论，却不曾有争论，我们辩是非，并不争胜负。

在从文和萧乾的书信集《废邮存底》中还保存着一封他给我的长信《给某作家》（1937年）。我1935年在日本横滨编写的《点滴》里也有一篇散文《沉落》是写给他的。从这两封信就可以看出我们间的分歧在什么地方。

1934年我从北平回上海，小住一个时期，动身去日本前为《文学》杂志写了一个短篇《沉落》。小说发表时我已到了横滨。从文读了《沉落》非常生气，写信来质问我："写文章难道是为着泄气?!"我也动了感情，马上写了回答。我承认"我写文章没有一次不是为着泄气。"

他为什么这样生气？因为我批评了周作人一类的知识分子。周作人当时是《文艺》副刊的一位主要撰稿人。从文常用尊敬的口气谈起他。其实我也崇拜过这个人，我至今还喜欢读他的一部分文章，从前他思想开明，对我国新文学的发展有过大的贡献。可是当时我批判的、我担心的并不是他的著作，而是他的生活，他的行为。从文认为我不理解周，我看倒是从文不理解他。可能我们两人对周都不理解，但事实是：他终于做了为侵略

沈从文与家人合影

者服务的汉奸。

　　回国以后，我还和从文通过几封长信继续我们这次的辩论，因为我又发表过文章，针对另外一些熟人，譬如对朱光潜的批评，后来我也承认自己有偏见、有错误。从文着急起来，他劝我不要"那么爱理会小处""莫把感情火气过分糟蹋到这上面。"他责备我："什么米大的小事如×××之类的闲言小语也使你动火，把小东小西也当成了敌人"，还说："我觉得你感情的浪费真极可惜。"

　　我记不起我怎样回答他，因为我那封留底的长信在"文革"中丢失了，造反派抄走了它，就没有退回来。但我记得我想向他说明我还有理性，不会变成狂吠的疯狗。我写信，时而非常激动，时而停笔发笑，我想他有可能担心我会发精神病。我不曾告诉他，他的话对我是连声的警钟，我知道我需要克制，我也懂得他所说的"在一堆沉默日子里讨生活"的重要。我称他为"敬爱的畏友"，我衷心地感谢他。当然找并不放弃我的主张，我也想通过辩论说服他。

　　我回国那年年底又去北平，靳以回天津照料母亲的病，我到三座门大街结束《文学季刊》的事情，给房子退租。我去了达子营从文家，见到从文伉俪，非常亲热。他说："这一年你过得不错嘛。"他不再主编《文艺》副刊，把它交给了萧乾，他自己只编辑《大公报》的《星期文艺》，每周出一个整版。他向我组稿，我一口答应，就在14号的北屋里，每晚写到深夜，外面是严寒和静寂。北平显得十分陌生，大片乌云笼罩在城市的上空，许多熟人都去了南方。我的笔拉不回两年前同朋友们欢聚的日子，屋子里只有一炉火，我心里也在燃烧，我写，我要在暗夜里叫号。我重复着小说中人物的话："我不怕……因为我有信仰。"

　　文章发表的那天下午我动身回上海，从文、兆和到前门车站送行。"你还再来吗？"从文微微笑，紧紧握着我的手。我张开口吐出一个"我"字，声音就哑了，我多么不愿意在这个时候离开他们！我心里想："有你们在，我一定会再来"。

　　我不曾失信，不过我再来时已是14年之后，在一个炎热的夏天，城市充满阳光，北平解放了。

四

　　抗战期间萧珊在西南联大念书，1940年我从上海去昆明看望她，1941年我又从重庆去昆明，在昆明过了两个暑假。

年轻的沈从文与张兆和

从文在联大教书，为了躲避敌机轰炸，他把家迁往呈贡，兆和同孩子们都住在乡下。我们也乘火车去过呈贡看望他们。那个时候没有教师节，教书老师普遍受到轻视，连大学教授也难使一家人温饱，我曾经说过两句话："钱可以赚到更多的钱。书常常给人带来不幸。"这就是那个社会的特点。他的文章写得少了，因为出书困难；生活水平降低了，吃的、用的东西都在涨价。他不叫苦，脸上始终露出温和的微笑。我还记得在昆明一家小饮食店里几次同他相遇，一两碗米线作为晚餐，有西红柿，还有鸡蛋，我们就满足了。

在昆明我们见面的机会不多，但是我们不再辩论了，我们珍惜在一起的每时每刻，我们同游过西山龙门，也一路跑过警报，看见炸弹落下后的浓烟，也看到血淋淋的尸体。过去一段时期他常常责备我："你总说你有信仰，你也得让别人感觉到你的信仰在哪里。"现在我也感觉到他的信仰在什么地方，只要看到他脸上的笑容或者眼里的闪光，我觉得心里更踏实，离开昆明后3年中，我每年都要写信求他不要放下笔，希望他多写小说。我说："我相信我们这个民族的潜在力量"；又说，"我极赞成你那埋头做事的主张。"没有能再去昆明，我更想念他。

他并不曾搁笔，可是作品写得少。他过去的作品早已绝版，读到的人不多，开明书店愿意重印他的全部小说，他陆续将修订稿寄去。可是一部分底稿在中途遗失，他叹息地告诉我，丢失的稿子偏偏是描写社会疾苦的那一部分，出版的几册却都是关于男女事情的。"这样别人更不了解我了。"

最后一句不是原话，他也不仅说一句，但大意是如此。抗战前他在上海《大公报》发表过批评海派的文章引起强烈反感。在昆明他的某些文章又得罪了不少的人。因此常有对他不友好的文章和议论出现。他可能感到一点寂寞，偶尔也发发牢骚，但主要还是对那种越来越重视金钱、轻视知识的社会风气。在这一点我倒理解他，我在写作生涯中挨过的骂可能比他多，我不能说我就不感到寂寞。但是我并没有让人骂死。我也看见他倒了又站起来，一直勤奋地工作。最后他被迫离开了文艺界。

五

　　那是1949年的事。最初北平和平解放，然后上海解放。6月我和靳以、辛笛、健吾、唐弢、赵家璧他们去北平，出席首次全国文代会，见到从各地来的许多熟人和分别多年的老友，还有更多的为国家和人民的前途献出自己的青春和心血的文艺战士。我很感动，我很兴奋。

　　但是从文没有露面，他不是大会的代表。我们几个人到他的家去，见到了他和兆和，他们早已不住在达子营了，不过我现在也说不出他们是不是住在东堂子胡同，因为一晃就是40年。我的记忆模糊了。这几十年中间我没有看见他住过宽敞的房屋，最后他得到一个舒适的住处，却已经疾病缠身，只能让人搀扶着在屋里走走。我至今未见到他这个新居，1985年5月后我就未去过北京，不是我不想去，我越来越举步艰难了。

　　首届文代会期间，我们几个人去从文家不止一次，表面上看不出他有情绪，他脸上仍然露出微笑。他向我们打听文艺界朋友的近况，他关心每个熟人。然而文艺界似乎忘记了他。让他在华北革大学习，不给他出席文代会，以后还把他分配到历史博物馆做讲解员，据说郑振铎到那里参观一个什么展览，见过他，但这是以后的事了。这年9月我第二次来北平出席全国政协会议，接着中华人民共和国成立，北京又成为首都，这次我大约坐了3个星期，我几次看望从文，交谈的机会较多，我才了解一些真实情况。北平解放前后当地报纸上刊载了一些批评他的署名文章，有的还是在香港报上发表过的，十分尖锐。他在围城里，已经感到很孤寂，对形势和政策也不理解，只希望有一两个文艺界熟人见见他，同他谈谈。他当时战战兢兢，如履薄冰，仿佛就要掉进水里，多么需要人来拉他一把。可是他的期望落了空。他只好到华北革大去了，反正知识分子应当进行思想改造。

　　不用说，他受到了不公平的对待，不仅在今天，在当时我就有这样的看法，可是我并没有站出来替他讲过话，我不敢，我总觉得自己头上有一把达摩克利斯的宝剑。从文一定感到委屈，可是他一声不响，认真地干他的工作。

　　政协会议以后，第二年我去北京开会。休会的日子我去看望过从文，他似乎很平静，仍旧关心地问到一些熟人的近况。我每次赴京，总要去看看他。他已经安定下来了。对磁器，对民间工艺，对古代服装他都有兴趣，谈起来头头是道。我暗中想，我外表忙忙碌碌，有说有笑，心里却十分紧张，为什么不能坐下来，埋头译书，默默地工作几年，也许可以做出一点成绩。然而我办不到，即使由我自己做主，我也不愿放下笔，还想换一支新的来歌颂新社会。我下决心深入生活，却始终深不下去，我参加各种活动，也始终浮在面上，经过北京我没有忘记去看他，总是在晚上去，两三间小屋，书架上放满了线装书，他正在工作，带着笑容欢迎我，问我一家人的近况，问一些熟人的近况。兆和也在，她在《人民文学》编辑部工作，偶尔谈几句杂志的事。有时还有他一个小女儿（侄女），他们很喜欢她，两个儿子不同他们住在一起。

我大约每年去一次，坐一个多小时，谈话他谈得多一些，我也讲我的事，但总是他问我答。我觉得他心里更加踏实了。我讲话好像只是在替自己辩护。我明白我四处奔跑，却什么都抓不住。心里空虚得很。我总疑心他在问我：你这样跑来跑去，有什么用处？不过我不会老实地对他讲出来。他的情况逐渐好转，他参加了人民政协，在报刊上发表诗文。

"文革"前我最后一次去他家，是在1965年7月，我就要动身去越南采访。是在晚上，天气热，房里没有灯光，砖地上铺一床席子，兆和睡在地上。从文说："三姐生病，我们外面坐。"我和他各人一把椅子在院子里坐了一会，不知怎样我们两个人讲话都没有劲头，不多久我就告辞走了，当时我绝没有想到不出一年就会发生"文化大革命"，但是我有一种感觉，我头上那把利剑，正在缓缓地往下坠。"四人帮"后来批判的"四条汉子"已经揭露出三个，我在这年元旦听过周扬一次谈话，我明白人人自危，他已经在保护自己了。

旅馆离这里不远，我慢慢地走回去。我想起过去我们的辩论，想起他劝我不要浪费时间，而我却什么也搞不出来。十几年过去了，我不过给添了一些罪名。我的脚步很沉重，仿佛前面张开一个大网，我不知道会不会投进网里。但无论如何一个可怕的、摧毁一切的、大的运动就要来了。我怎能够躲开它？

回到旅馆，我感到精疲力尽，第二天早晨我就去机场，飞向南方。

六

在越南我进行了3个多月的采访，回到上海，等待我的是姚文元的《评新编历史剧〈海瑞罢官〉》。每周开会讨论一次，人人表态，看得出来，有人慢慢地在收网，"文化大革命"就要开场了。我有种种的罪名，不但我紧张，朋友们也替我紧张，后来我找到机会在会上作了检查，自以为卸掉了包袱。6月初到北京开会（亚非作家紧急会议），在机场接我的同志小心嘱咐我"不要出去找任何熟人"。我一方面认为自己已经过关，感到轻松，另一方面因为运动打击面广，又感到恐怖。我在这种奇怪的心境之下忙了一个多月，我的确"没出去找任何熟人"，无论是从文，健吾，或者冰心。

但是会议结束，我回到机关参加学习，才知道自己仍在网里，真是在劫难逃了。进了"牛棚"，仿佛落入深渊。别人都把我看作罪人，我自己也认为有罪。表现得十分恭顺。绝没有想到这个所谓"触及灵魂的革命"会持续10年。在灵魂受到熬煎的漫漫长夜里，我偶尔也想到几个老朋友，希望从友情那里得到一点安慰。可是关于他们，一点消息也没有。我想到了从文，他的温和的笑容明明在我眼前。我对他讲过的那句话："我不怕……我有信仰"，像铁槌在我的头上敲打。我哪里有信仰？我只有害怕。我还有脸去见他？这种想法在当时也是很古怪的，一会儿就过去了。过些日子它又在我脑子里闪亮一下，然后又熄灭了。我一直没有从文的消息，也不见人来外调他的事情。

6年过去了，我在奉贤县文化系统五七干校里学习和劳动，在那里劳动的有好几个单位的干部，许多人我都不认识。有一次我给揪回上海接受批判，批判后第二天一早到巨鹿路作协分会旧址学习，我刚刚在指定的屋子里坐好，一位年轻姑娘走进来，问我是不是某人，她是从文家的亲戚，从文很想知道我是否住在原处。她是音乐学院附中的学生，我在干校见过。从文一家平安，这是很好的消息，可是我只答了一句：我仍住在原处，她就走了。回到干校，过了一些日子，我又遇见她，她说从文把我的地址遗失了，要我写一个交给她转去。我不敢背着工宣队"进行串连"，我怕得很。考虑了好几天，我才把写好的地址交给她。经过几年的改造，我变成了另外一个人，我遵守的信条是：多一事不如少一事。我并不希望从文来信。但是出乎我的意外，他很快就寄了信来。我回家休假，萧珊已经病倒，得到北京寄来的长信，她拿着五张信纸反复地看，含着眼泪地说："还有人记得我们啊！"这对她是多大的安慰！

他的信是这样开始的："多年来家中搬动太大，把你们家的地址遗失了，问别人忌讳又多，所以直到今天得到X家熟人一信相告，才知道你们住处。大致家中变化还不太多。"

五页信纸写了不少朋友的近况，最后说："熟人统

巴金在书房

巴金和萧珊

在念中。便中也希望告知你们生活种种，我们都十分想知道。"

他还是像在30年代那样关心我。可是我没寄去片纸只字的回答。萧珊患了不治之症，不到两个月便离开人世。我还是审查对象，没有通信自由，甚至不敢去信通知萧珊病逝。

我为什么如此缺乏勇气？回想起来今天还感到惭愧。尽管我不敢表示自己并未忘记故友，从文却一直惦记着我。他委托一位亲戚来看望，了解我的情况。1974年他来上海，一个下午，到我家探望，我女儿进医院待产，儿子在安徽农村插队落户，家中冷冷清清，我们把藤椅搬到走廊上，没有拘束，谈得很畅快。我也忘了自己的"结论"已经下来：一个不戴帽子的反革命。

七

等到这个"结论"推翻，我失去的自由逐渐恢复，我又忙起来了。多次去北京开会，却只到过他家两次。头一次他不在家，我见着兆和，急匆匆不曾坐下吃一杯茶。屋子里连写字桌也没有，只放得下一张小茶桌，夫妻二人轮流使用。第二次他已经搬家，可是房间还是很小，四壁图书，两三帧大幅近照，我们坐在当中，两把椅子靠得很近，使我想起1965年那个晚上，可是压在我们背上的包袱已经给摔掉了，代替它的是老和病。他行动不便，我比他好不了多少。我们不容易交谈，只好请兆和作翻译，谈了些彼此的近况。

我大约坐了不到一个小时吧，告别时我高高兴兴，没有想到这是我们最后的一面，我以后就不曾再去北京。当时我感到内疚，暗暗地责备自己为什么不早来看望他。后来在上海听说他搬了家，换了宽敞的住处，不用下搂，可以让人搀扶着在屋子里散步，也曾替他高兴过一阵子。

最近，因为怀念老友，想记下一点什么，找出了从文的几封旧信，1980年2月的信中有一段话，我一直不能忘记："因住处只一张桌子，目前为我赶校那两份选集，上午她三点即起床，六点出门上街取牛奶，把桌子让我工作。下午我睡，桌子再让她使用到下午六点，她做饭，再让我使用书桌。这样下去，那能支持多久！"

这事实应当大书、特书，让人们知道中国一位大作家、一位高级知识分子就是在这种条件下工作。尽管他说："那能支持多久？"，可是他在信中谈起他的工作，劲头还是很大。他是能够支持下去的。近几个月我常常想：这个问题要是能早解决，那有多好！可惜来得太迟了。不过有人说，迟来总比不来好。

那么他的讣告是不是也来迟了呢？人们究竟在等待什么？难道是首长没有表态，记者不知道报道应当用什么规格？有人说：可能是文学史上的地位没有排定，找不到适当的头衔和职称吧。又有人说："现在需要搞活经济，谁关心一个作家的生死存亡？你的笔就能把生产搞上去？"

我无法回答。

又过了一个多月，我动笔更困难，思想更迟钝，讲话声音很低，我感觉到自己身体的一部分逐渐在老死。我和老友见面的时候不远了。……

倘使真的和从文见面，我将对他讲些什么呢？

我还记得兆和说过："火化前他像熟睡一般，非常平静，看样子他明白自己一生在大风大浪中已尽了自己应尽的责任，清清白白，无愧于心。"他的确是这样。

我多么羡慕他！可是我却不能走得像他那样平静，那样从容，因为我并未尽了自己的责任，还欠下一身债。我不可能不惊动任何人静悄悄离开人世。那么就让我的心长久燃烧，一直到还清我的欠债。

有什么办法呢？中国知识分子的悲剧我是躲避不了的。

一九八八年九月三十日

汪曾祺写沈从文、端木蕻良

汪曾祺（1920～1997年），江苏高邮人，中国当代文学史上著名的作家、散文家、戏剧家，京派作家的代表人物。早年毕业于西南联大，历任中学教师、北京市文联干部、《北京文艺》编辑、北京京剧院编辑。在短篇小说创作上颇有成就。著有小说集《邂逅集》，小说《受戒》、《大淖记事》，散文集《蒲桥集》。被誉为"抒情的人道主义者"、"中国最后一个纯粹的文人"、"中国最后一个士大夫"。

汪曾祺

汪曾祺是沈从文的弟子，这既体现在他上过沈从文的课，也体现在沈从文手把手帮他学写作、帮他投稿，两人在新中国成立后都曾在历史博物馆工作，这并不是偶然巧合。汪曾祺对沈从文是视为恩师的，情深意长，他的作品总数并不多，但是他写过至少有十来篇关于沈从文的文章，由此可见沈从文在汪曾祺心中的地位。

　　端木与汪曾祺是北京市文联的同事，也是作家同行，彼此敬重，他们代表着两类作家，端木出道要早，成名要早，而汪曾祺在六十年代以后受到上边青睐，地位有显著提高，两人是君子之交淡如水的关系。端木去世后，汪曾祺为之写了一篇分量颇重的回忆文章。

我的老师沈从文

一九三七年，日本人占领了江南各地，我不能回原来的中学读书，在家闲居了两年。除了一些旧课本和从祖父的书架上翻出来的《岭表录异》之类的杂书，身边的"新文学"只有一本屠格涅夫的《猎人日记》和一本上海某野鸡书店盗印的《沈从文小说选》。两年中，我反反复复地看着的，就是这两本书。之所以反复地看，一方面是因为没有别的好书看，一方面也因为这两本书和我的气质比较接近。我觉得这两本书某些地方很相似。这两本书甚至形成了我对文学、对小说的概念。我的父亲见我反复地看这两本书，就也拿去看，他是看过《三国》、《水浒》、《红楼梦》的。看了这两本书，问我："这也是小说吗？"我看过林琴南翻译的《说部丛刊》，看过张恨水的《啼笑因缘》，也看过巴金、郁达夫的小说，看了《猎人日记》和沈先生的小说，发现：哦，原来小说是可以这样的，是写这样一些人和事，是可以这样写的。我在中学时并未有志于文学。在昆明参加大学联合招生，在报名书上填写"志愿"时，提笔写下了"西南联大中国文学系"，是和读了《沈从文小说选》有关系的。当时许多学生报考西南联大都是慕名而来。这里有朱自清、闻一多、沈从文。——其他的教授是入学后才知道的。

沈先生在联大开过三门课："各体文习作"、"创作实习"和"中国小说史"。"各体文习作"是本系必修课，其余两门是选修，我是都选了的。因此一九四一、一九四二、一九四三年，我都上过沈先生的课。

"各体文习作"这门课的名称有点奇怪，但倒是名副其实的，教学生习作

汪曾祺与沈从文

各体文章。有时也出题目。我记得沈先生在我的上一班曾出过"我们小庭院有什么"这样的题目，要求学生写景物兼及人事。有几位老同学用这题目写出了很清丽的散文，在报刊上发表了，我都读过。据沈先生自己回忆，他曾给我的下几班同学出过一个题目，要求他们写一间屋子里的空气。我那一班出过什么题目，我倒都忘了。为什么出这样一些题目呢？沈先生说：先得学会做部件，然后才谈得上组装。大部分时候，是不出题目的，由学生自由选择，想写什么就写什么。这课每周一次。学生在下面把车好、刨好的文字的零件交上去。下一周，沈先生就就这些作业来讲课。

说实在话，沈先生真不大会讲课。看了《八骏图》，那位教创作的达士先生好像对上课很在行，学期开始之前，就已经定好了十二次演讲的内容，你会以为沈先生也是这样。事实上全不是那回事。他不像闻先生那样：长髯垂胸，双目炯炯，富于表情，语言的节奏性很强，有很大的感染力；也不像朱先生那样：讲解很系统，要求很严格，上课带着卡片，语言朴素无华，然而扎扎实实。沈先生的讲课可以说是毫无系统，——因为就学生的文章来谈问题，也很难有系统，大都是随意而谈，声音不大，也不好懂。不好懂，是因为他的湘西口音一直未变，——他能听懂很多地方的方言，也能学说得很像，可是自己讲话仍然是一口凤凰话；也因为他的讲话内容不好捉摸。沈先生是个思想很流动跳跃的人，常常是才说东，忽而又说西。甚至他写文章时也是这样，有时真会离题万里，不知说到哪里去了，用他自己的话说，是"管不住手里的笔"。他的许多小说，结构很均匀缜密，那是用力"管"住了笔的结果。他的思想的跳动，给他的小说带来了文体上的灵活，对讲课可不利。沈先生真不是个长于逻辑思维的人，他从来不讲什么理论。他讲的都是自己从刻苦的实践中摸索出来的经验之谈，没有一句从书本上抄来的话。——很多教授只会抄书。这些经验之谈，如果理解了，是会终身受益的。遗憾的是，很不好理解。比如，他经常讲的一句话是："要贴到人物来写。"这句话是什么意思呢？你可以作各种深浅不同的理解。这句话是有很丰富的内容的。照我的理解是：作者对所写的人物不能用俯视或旁观的态度。作者要和人物很亲近。作者的思想感情、作者的心要和人物贴得很紧，和人物一同哀乐、一同感觉周围的一切（沈先生很喜欢用"感觉"这个词，他老是要学生训练自己的感觉）。什么时候你"捉"不住人物，和人物离得远了，你就只好写一些似是而非的空话。一切从属于人物。写景、叙事都不能和人物游离。景物，得是人物所能感受得到的景物。得用人物的眼睛来看景物，用人物的耳朵来听，用人物的鼻子来闻嗅。《丈夫》里所写的河上的晚景，是丈夫所看到的晚景。《贵生》里描写的秋天，是贵生感到的秋天。写景和叙事的语言和人物的语言（对话）要相协调。这样，才能使通篇小说都渗透了人物，使读者在字里行间都感觉到人物，同时也就感觉到作者的风格。风格，是作者对人物的感受。离开了人物，风格就不存在。这些，是要和沈先生相处较久，读了他许多作品之后，才能理解得到的。单是一句"要贴到人物来写"，谁知道是什么意思呢？又如，他曾经批评过我的一篇小说，说："你这是两个聪明脑袋在打架！"让一个第三者来听，他会说："这是什么意思？"我是明白的。我这篇小说用了大量的对话，我尽量想把对话写得深一点，美一点，有诗意，有哲理。事实上，没有人会这样说话，就是两个诗人，也不会这样交谈。沈先生这句话等于说：这是不真实的。沈先生自己小说里的对话，大都是平平常常的话，但是一样还是使人感到人物，觉得美。从此，我就尽量把对话写得朴素一点，真切一点。

沈先生是那种"用手来思索"的人①。他用笔写下的东西比用口讲出的要清楚得多，也深刻得多。使学生受惠的，不是他的讲话，而是他在学生的文章后面所写的评语。沈先生对学生的文章也改的，但改得不多，但是评语却写得很长，有时会比本文还长。这些评语有的是就那篇习作来谈的，也有的是由此说开去，谈到创作上某个问题。这实在是一些文学随笔，往往有独到的见解，文笔也很讲究。老一辈作家大都是"执笔则为文"，不论写什么，哪怕是写一个便条，都是当一个"作品"来写的。——这样才能随时锻炼文笔，沈先生历年写下的这种评语，为数是很不少的，可惜没有一篇留下来。否则，对今天的文学青年会是很有用处的。

除了评语，沈先生还就学生这篇习作，挑一些与之相近的作品，他自己的，别人的——中国的外国的，带来给学生看。因此，他来上课时都抱了一大堆书。我记得我有一次写了一篇描写一家小店铺在上灯之前各色各样人的活动，完全没有故事的小说，他就介绍我看他自己写的《腐烂》（这篇东西我过

---

① 巴甫连科说作家是用手来思索的。

去未看过）。看看自己的习作，再看看别人的作品，比较吸收，收效很好。沈先生把他自己的小说总集叫做《沈从文小说习作选》，说这都是为了给上创作课的学生示范，有意地试验各种方法而写的，这是实情，并非故示谦虚。

沈先生这种教写作的方法，到现在我还认为是一种很好的方法，甚至是唯一可行的方法。我倒希望现在的大学中文系教创作的老师也来试试这种方法。可惜愿意这样教的人不多；能够这样教的，也很少。

"创作实习"上课和"各体文习作"也差不多，只是有时较有系统地讲讲作家论。"中国小说史"使我读了不少中国古代小说。那时小说史资料不易得，沈先生就自己用毛笔小行书抄录在昆明所产的竹纸上，分给学生去看。这种竹纸高可一尺，长约半丈，折起来像一个经卷。这些资料，包括沈先生自己辑录的罕见的资料，辗转流传，全都散失了。

沈先生是我见到的一个少有的勤奋的人。他对闲散是几乎不能容忍的。联大有些学生，穿着很"摩登"的西服，头上涂了厚厚的发蜡，走路模仿克拉克.盖博，一天喝咖啡，参加舞会，无所事事，沈先生管这种学生叫"火奴鲁鲁"——"哎，这是个火奴鲁鲁！[①]"他最反对打扑克，以为把生命这样的浪费掉，实在不可思议。他曾和几个作家在井冈山住了一些时候，对他们成天打扑克很不满意："一天打扑克，——在井冈山这种地方！哎！"除了陪客人谈天，我看到沈先生，都是坐在桌子前面，写。他这辈子写了多少字呀，有一次，我和他到一个图书馆去，在一排一排的书架前面，他说："看到有那么多人写了那么多的书，我真是什么也不想写了。"这句话与其说是悲哀的感慨，不如说是对自己的鞭策。他的文笔很流畅，有一个时期且被称为多产作家，三十年代到四十年代，十年中他出了四十个集子，你会以为他写起来很轻易。事实不是那样。除了《从文自传》是一挥而就，写成之后，连看一遍也没有，就交出去付印之外，其余的作品都写得很艰苦。他的《边城》不过六七万字，写了半年。据他自己告诉我，那时住在北京的达智桥，巴金住在他家。他那时还有个"客厅"。巴金在客厅里写，沈先生在院子里写。半年之间，巴金写了一个长篇，沈先生却只写了一个《边城》。我曾经看过沈先生的原稿（大概是《长河》），他不用稿纸，写在一个硬面的练习本上，把横格竖过来写。他不用自来水笔，用蘸水钢笔（他执钢笔的手势有点像执毛笔，执毛笔的手势却又

[①] 火奴鲁鲁即檀香山，至于沈先生为什么把这样的学生叫做"火奴鲁鲁"，我到现在还不明白。

有点像拿钢笔）。这原稿真是"一塌糊涂"，勾来画去，改了又改。他真干过这样的事：把原稿一条一条地剪开，一句一句地重新拼合。他说他自己的作品是"一个字一个字地雕出来的"，这不是夸张的话。他早年常流鼻血。大概是因为血小板少，血液不易凝固，流起来很难止住。有时夜里写作，鼻血流了一大摊，邻

沈从文与张兆和

居发现他伏在血里，以为他已经完了。我就亲见过他的沁着血的手稿。

因为日本飞机经常到昆明来轰炸，很多教授都"疏散"到了乡下。沈先生也把家搬到了呈贡的桃园新村。他每个星期到城里来住几天，住在文林街教员宿舍楼上把角临街的一间屋子里，房屋很简陋。昆明的房子，大都不盖望板，瓦片直接搭在椽子上，晚上从瓦缝中可见星光、月光。下雨时，漏了，可以用竹杆把瓦片顶一顶，移密就疏，办法倒也简便。沈先生一进城，他这间屋子里就不断有客人。来客是各色各样的，有校外的，也有校内的教授和学生。学生也不限于中文系的，文、法、理、工学院的都有。不论是哪个系的学生都对文学有兴趣，都看文学书，有很多理工科同学能写很漂亮的文章，这大概可算是西南联大的一种学风。这种学风，我以为今天应该大力地提倡。沈先生只要进城，我是一定去的。去还书，借书。

沈先生的知识面很广，他每天都看书。现在也还是这样，去年，他七十八岁了，我上他家去，沈师母还说："他一天到晚看书，——还都记得！"他看的书真是五花八门，他叫这是"杂知识"。他的藏书也真是兼收并蓄。文学书、哲学书、道教史、马林诺斯基的人类学、亨利·詹姆斯、弗洛伊德、陶瓷、髹漆、糖霜、观赏植物……大概除了《相对论》，在他的书架上都能找到。我每次去，就随便挑几本，看一个星期（我在西南联大几年，所得到的一点"学问"，大部分是从沈先生的书里取来的）。他的书除了自己看，买了来，就是准备借人的。联大很多学生手里都有一两本扉页上写着"上官碧"的名字的书。沈先生看过的书大都做了批注。看一本陶瓷史，铺天盖地，全都批满了，又还粘了许多纸条，密密地写着字。这些批注比正文的字数还要多。很多书上，做了题记。题记有时与本书无关，或记往事，或抒感慨。有些题记有着只有本人知道的"本事"，别人不懂。比如，有一本书后写着："雨季已过，无虹可看矣。"有一本后面题着"某月日，见一大胖女人从桥上过，心中十分难

过。"前一条我可以约略知道，后一条则不知所谓了。为什么这个大胖女人使沈先生心中十分难过呢？我对这些题记很感兴趣，觉得很有意思，而且自成一种文体，所以到现在还记得。他的藏书几经散失。去年我去看他，书架上的书大都是近年买的，我所熟识的，似只有一函《少室山房全集》了。

沈先生对美有一种特殊的敏感。他对美的东西有着一种炽热的、生理的、近乎是肉欲的感情。美使他惊奇，使他悲哀，使他沉醉。他搜罗过各种美术品。在北京，他好几年搜罗瓷器。待客的茶杯经常变换，也许是一套康熙青花，也许是鹧鸪斑的浅盏，也许是日本的九谷瓷。吃饭的时候，客人会放下筷子，欣赏起他的雍正粉彩大盘，把盘里的韭黄炒鸡蛋都搁凉了。在昆明，他不知怎么发现了一种竹胎的缅漆的圆盒，黑红两色的居多，间或有描金的，盒盖周围有极繁复的花纹，大概是用竹笔刮绘出来的，有云龙花草，偶尔也有画了一圈趺坐着的小人的。这东西原是食具，不知是什么年代的，带有汉代漆器的风格而又有点少数民族的色彩。他每回进城，除了置买杂物，就是到处寻找这东西（很便宜的，一只圆盒比一个粗竹篮贵不了多少）。他大概前后搜集了有几百，而且鉴赏越来越精，到后来，稍一般的，就不要了。我常常随着他满城乱跑，去衰货摊上觅宝。有一次买到一个直径一尺二的大漆盒，他爱不释手，说："这可以做一个《红黑》的封面！"有一阵又不知从哪里找到大批苗族的挑花。白色的土布，用色线（蓝线或黑线）挑出精致而天真的图案。有客人来，就摊在一张琴案上，大家围着看，一人手里捧着一杯茶，不断发出惊叹的声音。抗战后，回到北京，他又买了很多旧绣货：扇子套、眼镜套、槟榔荷包、枕头顶，乃至帐檐、飘带……（最初也很便宜，后来就十分昂贵了）。后来又搞丝绸，搞服装。他搜罗工艺品，是最不功利，最不自私的。他花了大量的钱买这些东西，不是以为奇货可居，也不是为了装点风雅，他是为了使别人也能分尝到美的享受，真是"与朋友共，敝之而无憾"。他的许多藏品都不声响地捐献给国家了。北京大学博物馆初成立的时候，玻璃柜里的不少展品就是从中老胡同沈家的架上搬去的。昆明的熟人的案上几乎都有一个两个沈从文送的缅漆圆盒，用来装芙蓉糕、萨其马或邮票、印泥之类杂物。他的那些名贵的瓷器，我近两年去看，已经所剩无几了，就像那些扉页上写着"上官碧"名字的书一样，都到了别人的手里。

沈从文欣赏的美，也可以换一个字，是"人"。他不把这些工艺品只看成是"物"，他总是把它和人联系在一起的。他总是透过"物"看到"人"。对美的惊奇，也是对人的赞叹。这是人的劳绩，人的智慧，人的无穷的想象，人的天才的、精力弥满的双手所创造出来的呀！他在称赞一个美的作品时所用的语言是充满感情的，也颇特别，比如："那样准确，准确得可怕！"他常常对着一幅织锦缎或者一个"七色晕"的绣片惊呼："真是了不得！""真不可想象！"他到了杭州，才知道故宫龙袍上的金线，是瞎子在一个极薄的金箔上凭手的感觉割出来的，"真不可想象！"有一次他和我到故宫去看瓷器，有几个莲子盅造型极美，我还在流连赏玩，他在我耳边轻轻地说："这是按照一个女人的奶子做出来的。"

沈从文从一个小说家变成一个文物专家，国内国外许多人都觉得难以置信。这在世界文学史上似乎尚无先例。对我说起来，倒并不认为不可理解。这在沈先生，与其说是改弦更张，不如说是轻车熟路。这有客观的原因，也有主观原因。但是五十岁改行，总是件冒险的事。我以为沈先生思想缺乏条理，又没有受过"科学方法"的训练，他对文物只是一个热情的欣赏者，不长于冷静的分析，现在正式"下海"，以此作为专业，究竟能搞出多大成就，最初我是持怀疑态度的。直到前两年，我听他谈了一些文物方面的问题，看到他编纂的《中国服装史资料》的极小一部分图片，我才觉得，他钻了二十年，真把中国的文物钻通了。他不但钻得很深，而且，用他自己的说法：解决了一个问题，其他问题也就"顷刻"解决了。服装史是个拓荒工作。他说现在还是试验，成不成还不知道。但是我觉得：填补了中国文化史研究的一个重要的空白，对历史、戏剧等方面将发生很大作用，一个人一辈子做出这样一件事，也值了！《服装史》终于将要出版了，这对于沈先生的熟人，都是很大的安慰。因为治服装史，他又搞了很多副产品。他搞了扇子的发展，马戏的发展（沈从文这个名字和"马戏"联系在一起，真是谁也没有想到的）。他从人物服装，断定号称故宫藏画最早的一幅展子虔《游春图》不是隋代的而是晚唐的东西。他现在在手的研究专题就有四十个。其中有一些已经完成了（如陶瓷史），有一些正在做。他在去年写的一篇散文《忆翔鹤》的最后说："一息尚在，即有责任待尽"，不是一句空话。沈先生是一个不知老之将至的人，另一方面又有"时不我与"之感，所以他现在工作加倍地勤奋。沈师母说他常常一坐下来就是十几个小时。沈先生是从来没有休息的。他的休息只是写写字。是一股什么力量催着一个年近八十的老人这样孜孜矻矻、不知疲倦地工作着的呢？我以为：是炽热而深沉的爱国主义。

沈从文从一个小说家变成了文物专家，对国家来说，孰得孰失，且容历史去作结论吧。许多人对他放下创作的笔感到惋惜，希望他还能继续写文学作品。我对此事已不抱希望了。人老了，驾驭文字的能力就会衰退。他自己也说他越来越"管不住手里的笔"了。但是看了《忆翔鹤》，改变了我的看法。这篇文章还是写得那样流转自如，毫不枯涩，旧日文风犹在，而且更加炉火纯青了。他的诗情没有枯竭，他对人事的感受还是那样精细锐敏，他的抒情才分因为世界观的成熟变得更明净了。那么，沈老师，在您的身体条件许可下，兴之所至，您也还是写一点吧。

朱光潜先生在一篇谈沈从文的短文中，说沈先生交游很广，但朱先生知道，他是一个寂寞的人。吴祖光有一次跟我说："你们老师不但文章写得好，为人也是那样好。"他们的话都是对的。沈先生的客人很多，但都是君子之交，言不及利。他总是用一种含蓄的热情对人，用一种欣赏的、抒情的眼睛看一切人。对前辈、朋友、学生、家人、保姆，都是这样。他是把生活里的人都当成一个作品中的人物去看的。他津津乐道的熟人的一些细节，都是小说化了的细节。大概他的熟人也都感觉到这一点，他们在沈先生的客座（有时是一张破椅子，一个小板凳）上也就不大好意思谈出过于庸俗无聊的话，大都是上下古今、天南地北地闲谈一阵，喝一盏清茶，抽几支烟，借几本书和他所需要的资料（沈先生对来借资料的，都是有求必应），就走了。客人一走，沈先生就坐到桌子跟前拿起笔来了。

沈先生对曾经帮助过他的前辈是念念不忘的，如林宰平先生、杨今甫（振声）先生、徐志摩。林老先生我未见过，只在沈先生处见过他所写的字。杨先生也是我的老师，这是个非常爱才的人。沈先生在几个大学教书，大概都是出于杨先生的安排。他是中篇小说《玉君》的作者。我在昆明时曾在我们的系主任罗莘田先生的案上见过他写的一篇游戏文章《释鳏》，是写联大的光棍教授的生活的。杨先生多年过着独身生活。他当过好几个大学的文学院长，衬衫都是自己烫的，然而衣履精整，窗明几净，左图右史，自得其乐，生活得很潇洒。他对后进青年的作品是很关心的。他曾经托沈先生带话，叫我去看看他。我去了，他亲自洗壶涤器，为我煮了咖啡，让我看了沈尹默给他写的字，说："尹默的字超过明朝人"；又让我看了他的藏画，其中有一套姚茫父的册页，每一开的画心只有一个火柴盒大，却都十分苍翠雄浑，是姚画的难得的精品。坐了一个多小时，我就告辞出来了。他让我去，似乎只是想跟我随便聊聊，看看字画。沈先生夫妇是常去看杨先生的，想来情形亦当如此。徐志摩是最初发现沈从文的才能的人。沈先生说过，如果没有徐志摩，他就不会成为作家，他也许会去当警察，或者随便在哪条街上倒下来，糊里糊涂地死掉了。沈先生曾和我说过许多这位诗人的佚事。诗人，总是有些偶傥不羁的。沈先生说他有一次上课，讲英国诗，从口袋里摸出一个大烟台苹果，一边咬着，一边说："中国是有好东西的！"

沈先生常谈起的三个朋友是梁思成、林徽因、金岳霖。梁思成后来我在北京见过，林徽音一直没有见着。他们都是学建筑的。我因为沈先生的介绍，曾看过《营造法式》之类的书，知道什么叫"一斗三升"，对赵州桥、定州塔发生很大的兴趣。沈先生的好多册《营造学报》一直在我手里，直到"文化大革命"，才被"处理"了。从沈先生口中，我知道梁思成有一次为了从一个较远的距离观测一座古塔内部的结构，一直往后退，差一点从塔上掉下去。林徽音对文学艺术的见解是为徐志摩、杨今甫、沈从文等一代名流所倾倒的。这是一个真正的中国的"沙龙女性"，一个中国的弗吉尼·沃尔芙。她写的小说如《窗子以外》、《九十九度中》，别具一格，和废名的《桃园》和《竹林的故事》一样，都是现代中国文学里的不可忽视的作品。现在很多人在谈论"意识流"，看看林徽音的小说，就知道不但外国有，中国也早就有了。她很会谈话，发着三十九度以上的高烧，还半躺在客厅里，和客人聚谈文学艺术问题。

金岳霖是个通人情、有学问的妙人，也是一个怪人。他是我的老师，大学一年级时，教"逻辑"，这是文法学院的共同必修课。教室很大，学生很多。他的眼睛有病，有一个时期戴的眼镜一边的镜片是黑的，一边是白的。头上整年戴一顶旧呢帽。每学期上第一课都要首先声明："对不起，我的眼睛有病，不能摘下帽子，不是对你们不礼貌。""逻辑"课有点近似数学，是有习题的。他常常当堂提问，叫学生回答。那指名的方式却颇为特别。"今天，所有穿红毛衣的女士回答。"他闭着眼睛用手一指，一个女士就站了起来。"今天，梳两条辫子的回答。"因为"逻辑"这玩意对乍从中学出来的女士和先生都很新鲜，学生也常提出问题来问他。有一个归侨学生叫林国达，最爱提问，他的问题往往很奇怪。金先生叫他问得没有办法，就反过来问他："林国达，我问你一个问题：'林国达先生是垂直于黑板的'，这是什么意思？"——林国达后来在一次游泳中淹死了。金先生教逻辑，看的小说却很多，从乔依思的《攸里色斯》到平江不肖生的《江湖奇侠传》，无所不看。沈先生有一次拉他来做了一次演讲。有一阵，沈先生曾给联大的一些写写小说、写写诗的学生组织过讲座。地点在巴金的夫人肖珊的住处，与座者只有十来个人。金先生讲的题目很吸引人，大概是沈先生出的："小说和哲学"。他的结论却是：小说和哲学没有关系，《红楼梦》里所讲的哲学也不是哲学。那次演讲给我留下印象最深的是，讲着讲着，他忽然停了下来，说："对不起，我身上好像有个小动物"，随即把手伸进脖领，擒住了这只小动物，并当场处死了。我们曾问过他，为什么研究哲学，——在我们看来，哲学很枯燥，尤其是符号哲学，金先生想了一想，说："我觉得它很好玩。"他一个人生活。在昆明曾养过一只大斗鸡。这只斗鸡极其高大，经常把脖子伸到桌上来，和金先生一同吃饭。他又曾到处去买大苹果、大梨、大石榴，并鼓励别的教授的孩子也去买，拿来和他的比赛。谁的比他的大，他就照价收买，并把原来较小的一个奉送。他和沈先生的友谊是淡而持久的，直到金先生八十多岁了，还时常坐了平板三轮到沈先生的住处来谈谈。——因为毛主席告诉他要接触社会，他就和一个蹬平板三轮的约好，每天坐着平板车到王府井一带各处去转一圈。

和沈先生不多见面，但多年往还不绝的，还有一个张奚若先生、一个丁西林先生。张先生是个老同盟会员，曾拒绝参加蒋介石召开的参议会，人矮矮的，上唇留着短髭，风度如一个日本的大藏相，不知道为什么和沈先生很谈得来。丁西林曾说，要不是沈先生的鼓励，他这个写过《一只马蜂》的物理研究所所长，就不会再写出一个《等太太回来的时候》。

沈先生对于后进的帮助是不遗余力的。他曾自己出资给初露头角的青年诗人印过诗集。曹禺的《雷雨》发表后，是沈先生建议《大公报》给他发一笔奖金的。他的学生的作品，很多是经他的润饰后，写了热情揄扬的信，寄到他所熟识的报刊上发表的。单是他代付的邮资，就是一个不小的数目。前年他收到一封现在是解放军的知名作家的信，说起他当年丧父，无力葬埋，是沈先生为他写了好多字，开了一个书法展览，卖了钱给他，才能回乡办了丧事的。此事沈先生久已忘记，看了信想想，才记起仿佛有这样一回事。

沈先生待人，有一显著特点，是平等。这种平等，不是政治的信念，也不是宗教教条，而是由于对人的尊重而产生的一种极其自然的生活的风格。他在昆明和北京都请过保姆。这两个保姆和沈家一家都相处得极好。昆明的一个，人胖胖的，沈先生常和她闲谈。沈先生曾把她的一生琐事写成了一篇亲切动人的小说。北京的一个，被称为王姐。她离开多年，一直还和沈家来往。她去年在家和儿子恼了一点气，到沈家来住了几天，沈师母陪着她出出进进，像陪着一个老姐姐。

沈先生的家庭是我所见到的一个最和谐安静，最富于抒情气氛的家庭。

这个家庭一切民主，完全没有封建意味，不存在任何家长制。沈先生、沈师母和儿子、儿媳、孙女是和睦而平等的。从他的儿子把板凳当马骑的时候，沈先生就不对他们的兴趣加以干涉，一切听便。他像欣赏一幅名画似的欣赏他的儿子、孙女，对他们的"耐烦"表示赞赏。"耐烦"是沈先生爱用的一个词藻。儿子小时候用一个小钉锤乒乒乓乓敲打一件木器，半天不歇手，沈先生就说："要算耐烦。"孙女做功课，半天不抬脑袋，他也说："要算耐烦。""耐烦"是在沈先生影响下形成的一种家风。他本人不论在创作或从事文物研究，就是由于"耐烦"才取得成绩的。有一阵，儿子、儿媳不在身边，孙女跟着奶奶过。这位祖母对孙女全不像是一个祖母，倒像是一个大姐姐带着最小的妹妹，对她的一切情绪都尊重。她读中学了，对政治问题有她自己的看法，祖母就提醒客人，不要在她的面前谈叫她听起来不舒服的话。去年春节，孙女要搞猜谜活动，祖母就帮着选择、抄写，在屋里拉了几条线绳，把谜语一条一条粘挂在线绳上。有客人来，不论是谁，都得受孙女的约束：猜中一条，发糖一块。有一位爷爷，一条也没猜着，就只好喝清茶。沈先生对这种约法不但不呵斥，反而热情赞助，十分欣赏。他说他的孙女"最会管我，一到吃饭，就下命令："洗手！"这个家庭自然也会有痛苦悲哀，油盐柴米，风风雨雨，别别扭扭，然而这一切都无妨于它和谐安静抒情的气氛。

看了沈先生对周围的人的态度，你就明白为什么沈先生能写出《湘行散记》里那些栩栩如生的角色，为什么能在小说里塑造出那样多的人物，并且也就明白为什么沈先生不老，因为他的心不老。

去年沈先生编他的选集，我又一次比较集中地看了他的作品。有一个中年作家一再催促我写一点关于沈先生的小说的文章。谈作品总不可避免要谈思想，我曾去问过沈先生："你的思想到底是什么？属于什么体系？"我说："你是一个抒情的人道主义者。"

沈先生微笑着，没有否认。

一九八一年一月十四日

汪曾祺写沈从文、端木蕻良

星斗其文，赤子其人

沈先生逝世后，傅汉斯、张充和从美国电传来一幅挽辞。字是晋人小楷，一看就知道是张充和写的。词想必也是她拟的。只有四句：

不折不从　　亦慈亦让
星斗其文　　赤子其人

这是嵌字格，但是非常贴切，把沈先生的一生概括得很全面。这位四妹对三姐夫沈二哥真是非常了解。——荒芜同志编了一本《我所认识的沈从文》，写得最好的一篇，我以为也应该是张充和写的《三姐夫沈二哥》。

沈先生的血管里有少数民族的血液。他在填履历表时，"民族"一栏里填土家族或苗族都可以，可以由他自由选择。湘西有少数民族血统的人大都有一股蛮劲，狠劲，做什么都要做出一个名堂。黄永玉就是这样的人。沈先生瘦瘦小小（晚年发胖了），但是有用不完的精力。他小时是个顽童，爱游泳（他叫"游水"）。进城后好像就不游了。三姐（师母张兆和）很想看他游一次泳，但是没有看到。我当然更没有看到过。他少年当兵，漂泊转徙，很少连续几晚睡在同一张床上。吃的东西，最好的不过是切成四方的大块猪肉（煮在豆芽菜汤里）。行军、拉船，锻炼出一副极富耐力的体魄。二十岁冒冒失失地闯到北平来，举目无亲。连标点符号都不会用，就想用手中一支笔打出一个天下。经常为弄不到一点东西"消化消化"而发愁。冬天屋里生不起火，用被子围起来，还是不停地写。我一九四六年到上海，因为找不到职业，情绪很坏，他写信把我大骂了一顿，说："为了一时的困难，就这样哭哭啼啼的，甚至想到要自杀，真是没出息！你手中有一支笔，怕什么！"他在信里说了一些他刚到北京时的情形。——同时又叫三姐从苏州写了一封很长的信安慰我。他真的用一支笔打出了一个天下了。一个只读过小学的人，竟成了一个大作家，而且积累了那么多的学问，真是一个奇迹。

沈先生很爱用一个别人不常用的词："耐烦"。他说自己不是天才（他应当算是个天才），只是耐烦。他对别人的称赞，也常说"要算耐烦"。看见儿子小虎搞机床设计时，说"要算耐烦"。看见孙女小红做作业时，也说"要算耐烦"。他的"耐烦"，意思就是锲而不舍，不怕费劲。一个时期，沈先生每个月都要发表几篇小说，每年都要出几本书，被称为"多产作家"，但是写东西不是很快的，从来不是一挥而就。他年轻时常常日以继夜地写。他常流鼻血。血液凝聚力差，一流起来不易止住，很怕人。有时夜间写作，竟致晕倒，伏在自己的一摊鼻血里，第二天才被人发现。我就亲眼看到过他的带有鼻血痕迹的手稿。他后来还常流鼻血，不过不那么厉害了。他自己知道，并不惊慌。很奇怪，他连续感冒几天，一流鼻血，感冒就好了。他的作品看起来很轻松自如，若不经意，但都是苦心刻琢出来的。《边城》一共不到七万字，他告诉我，写了半年。他这篇小说是《国闻周报》上连载的，每期一章。小说共二十一章，21×7=147，我算了算，差不多正是半年。这篇东西是他新婚之后写的，那时他住在达子营。巴金住在他那里。他们每天写，巴老在屋里写，沈先生搬个小桌子，在院子里树阴下写。巴老写了一个长篇，沈先生写了《边城》。他称他的小说为"习作"，并不完全是谦虚。有些小说是为了教创作课给学生示范而写的，因此试验了各种方法。为了教学生写对话，有的小说通篇都用对话组成，如《若墨医生》；有的，一句对话也没有。《月下小景》确是为了履行许给张家小五的诺言"写故事给你看"而写的。同时，当然是为了试验一下"讲故事"的方法（这一组"故事"明显地看得出受了《十日谈》和《一千零一夜》的影响）。同时，也为了试验一下把六朝译经和口语结合的文体。这种试验，后来形成一种他自己说是"文白夹杂"的独特的沈从文体，在四十年代的文字（如《烛虚》）中尤为成熟。他的亲戚，语言学家周有光曾说"你的语言是古英语"，甚至是拉丁文。沈先生讲创作，不大爱说"结构"，他说是"组织"。我也比较喜欢"组织"这个词。"结构"过于理智，"组织"更带感情，较多作者的主观。他曾把一篇小说一条一条地裁开，用不同方法组织，看看哪一种形式更为合适。沈先生爱改自己的文章。他的原稿，一改再改，天头地脚页边，都是修改的字迹，蜘蛛网似的，这里牵出一条，那里牵出一条。作品发表了，改。成书了，改。看到自己的文章，总要改。有时改了多次，反而不如原来的，以至三姐后来不许他改了（三姐是沈先生文集的一个极其细心，极其认真的义务责任编辑）。沈先生的作品写得最快，最顺畅，改得最少的，只有一本《从文自传》。这本自传没有经过冥思苦想，只用了三个星期，一气呵成。

他不大用稿纸写作。在昆明写东西，是用毛笔写在当地出产的竹纸上的，自己折出印子。他也用钢笔，蘸水钢笔。他抓钢笔的手势有点像抓毛笔（这一点可以证明他不是洋学堂出身）。《长河》就是用钢笔写的，写在一个硬面的练习簿上，直行，两面写。他的原稿的字很清楚，不潦草，但写的是行书。不熟悉他的字体的排字工人是会感到困难的。他晚年写信写文章爱用秃笔淡墨。用秃笔写那样小的字，不但清楚，而且顿挫有致，真是一个功夫。

他很爱他的家乡。他的《湘西》、《湘行散记》和许多篇小说可以作证。他不止一次和我谈起棉花坡，谈起枫树坳——一到秋天满城落了枫树的红叶。一说起来，不胜神往。黄永玉画过一张凤凰沈家门外的小巷，屋顶墙壁颇零乱，有大朵大朵的红花——不知是不是夹竹桃，画面颜色很浓，水气泱泱。沈先生很喜欢这张画，说："就是这样！"八十岁那年，和三姐一同回了一次凤凰，领着她看了他小说中所写的各处，都还没有大变样。家乡人闻知沈从文回来了，简直不知怎样招待才好。他说："他们为我捉了一只锦鸡！"锦鸡毛羽很好看，他很爱那只锦鸡，还抱着它照了一张相，后来知道竟作了他的盘中餐，对三姐说"真煞风景！"锦鸡肉并不怎么好吃。沈先生说及时大笑，但也表现出对乡人的殷勤十分感激。他在家乡听了傩戏，这是一种古调犹存的很老的弋阳腔。打鼓的是一位七十多岁的老人，他对年轻人打鼓失去旧范很不以为然。沈先生听了，说："这是楚声，楚声！"他动情地听着"楚声"，泪流满面。

沈先生八十岁生日，我曾写了一首诗送他，开头两句是：

犹及回乡听楚声，此身虽在总堪惊。

端木蕻良看到这首诗，认为"犹及"二字很好。我写下来的时候就有点觉得这不大吉利，没想到沈先生再也不能回家乡听一次了！他的家乡每年有人来看他，沈先生非常亲切地和他们谈话，一坐半天。每当同乡人来了，原来在座的朋友或学生就只有退避在一边，听他们谈话。沈先生很好客，朋友很多。老一辈的有林宰平、徐志摩。沈先生提及他们时充满感情。

晚年的沈从文与夫人张兆和

没有他们的提挈，沈先生也许就会当了警察，或者在马路旁边"瘟了"。我认识他后，他经常来往的有杨振声、张奚若、金岳霖、朱光潜诸先生、梁思成林徽因夫妇。他们的交往真是君子之交，既无朋党色彩，也无酒食征逐。清茶一杯，闲谈片刻。杨先生有一次托沈先生带信，让我到南锣鼓巷他的住处去，我以为有什么事。去了，只是他亲自给我煮一杯咖啡，让我看一本他收藏的姚茫父的册页。这册页的芯子只有火柴盒那样大，横的，是山水，用极富金石味的墨线勾轮廓，设极重的青绿，真是妙品。杨先生对待我这个初露头角的学生如此，则其接待沈先生的情形可知。杨先生和沈先生夫妇曾在颐和园住过一个时期，想来也不过是清晨或黄昏到后山谐趣园一带走走，看看湖里的金丝莲，或写出一张得意的字来，互相欣赏欣赏，其余时间各自在屋里读书做事，如此而已。沈先生对青年的帮助真是不遗余力。他曾经自己出钱为一个诗人出了第一本诗集。一九四七年，诗人柯原的父亲故去，家中拉了一笔债，沈先生提出卖字来帮助他。《益世报》登出了沈从文卖字的启事，买字的可定出规格，而将价款直接寄给诗人。柯原一九八〇年去看沈先生，沈先生才记起有这回事。他对学生的作品细心修改，寄给相熟的报刊，尽量争取发表。他这辈子为学生寄稿的邮费，加起来是一个相当可观的数字。抗战时期，通货膨胀，邮费也不断涨，往往寄一封信，信封正面反面都得贴满邮票。为了省一点邮费，沈先生总是把稿纸的天头地脚页边都裁去，只留一个稿芯，这样分量轻一点。稿子发表了，稿费寄来，他必为亲自送去。李霖灿在丽江画玉龙雪山，他的画都是寄到昆明，由沈先生代为出手的。我在昆明写的稿子，几乎无一篇不是他寄出去的。一九四六年，郑振铎、李健吾先生在上海创办《文艺复兴》，沈先生把我的《小学校的钟声》和《复仇》寄去。这两篇稿子写出已经有几年，当时无地方可发表。稿子是用毛笔楷书写在学生作文的绿格本上的，郑先生收到，发现稿纸上已经叫蠹虫蛀了好些洞，使他大为激动。沈先生对我这个学生是很喜欢的。为了躲避日本飞机空袭，他们全家有一阵住在呈贡新街，后迁跑马山桃源新村。沈先生有课时进城住两三天。他进城时，我都去看他，交稿子，看他收藏的宝贝，借书。沈先生的书是为了自己看，也为了借给别人看的。"借书一痴，还书一痴"，借书的痴子不少，还书的痴子可不多。有些书借出去一去无踪。有一次，晚上，我喝得烂醉，坐在路边，沈先生到一处演讲回来，以为是一个难民，生了病，走近看看，是我！他和两个同学把我扶到他住处，灌了好些酽茶，我才醒过来。有一回我去看他，牙疼，腮帮子肿得老高。沈先生开了门，一看，一句话没说，出去买了几个大橘子抱着回来了。沈先生的家庭是我见到的最好的家庭，随时都在亲切和谐气氛中。两个儿子，小龙小虎，兄弟怡怡。他们都很高尚清白，无丝毫庸俗习气，无一句粗鄙言语，——他们都很幽默，但幽默得很温雅。一家人于钱上都看得很淡。《沈从文文集》的稿费寄到，九千多元，大概开过家庭会议，又从存款中取出几百元，凑成一万，寄到家乡办学。沈先生也有生气的时候，也有极度烦恼痛苦的时候，在昆明，在北京，我都见到过，但多数时候都是笑眯眯的。他总是用一种善意的、含情的微笑，来看这个世界的一切。到了晚年，喜欢放声大笑，笑得合不拢嘴，且摆动双手作势，真像一个孩子。只有看破一切人事乘除，得失荣辱，全置度外，心地明净无渣滓的人，才能这样畅快地大笑。

沈先生五十年代后放下写小说散文的笔（偶然还写一点，笔下仍极活泼，如写纪念陈翔鹤文章，实写得极好），改业钻研文物，而且钻出了很大的名堂，不少中国人、外国人都很奇怪。实不奇怪。沈先生很早就对历史文物有很大兴趣。他写的关于展子虔游春图的文章，我以为是一篇重要文章，从人物服装颜色式样考订图画的年代的真伪，是别的鉴赏家所未注意的方法。他关于书法的文章，特别是对宋四家的看法，很有见地。在昆明，我陪他去遛街，总要看看市招，到裱画店看看字画。昆明市政府对面有一堵大照壁，写满了一壁字（内容已不记得，大概不外是总理遗训），字有七八寸见方大，用二爨掺一点北魏造像题记笔意，白墙蓝字，是一位无名书家写的，写得实在好。我们每次经过，都要去看看。昆明有一位书法家叫吴忠荩，字写得极多，很多人家都有他的字，家家裱画店都有他的刚刚裱好的字。字写得很熟练，行书，只是用笔枯扁，结体少变化。沈先生还去看过他，说"这位老先生写了一辈子字"！意思颇为他水平受到限制而惋惜。昆明碰碰撞撞都可见到黑漆金字抱柱楹联上钱南园的四方大颜字，也还值得一看。沈先生到北京后即喜欢搜集瓷器。有一个时期，他家用的餐具都是很名贵的旧瓷器，只是不配套，因为是一件一件买回来的。他一度专门搜集青花瓷。买到手，过一阵就送人。西南联大好几位助教、研究生结婚时都收到沈先生送的雍正青花的茶杯或酒杯。沈先生对陶瓷赏鉴极精，一眼就知是什么朝代的。一个朋友送我一个梨皮色釉的粗瓷盒子，我拿去给他看，他说："元朝东西，民间窑！"有一阵搜集旧纸，大都是乾隆以前的。多是染过色的，瓷青的、豆绿的、水红的，触手细腻到像煮熟的鸡蛋白外的薄皮，真是美极了。至于茧纸、高丽发笺，那是凡品了。（他搜集旧纸，但自己舍不得用来写字。晚年写字用糊窗户的高丽纸，他说："我的字值三分钱。"）

在昆明，搜集了一阵耿马漆盒。这种漆盒昆明的地摊上很容易买到，且不贵。沈先生搜集器物的原则是"人弃我取"。其实这种竹胎的，涂红黑两色漆，刮出极繁复而奇异的花纹的圆盒是很美的。装点心，装花生米，装邮票杂物均合适，放在桌上也是个摆设。这种漆盒也都陆续送人了。客人来，坐一阵，临走时大都能带走一个漆盒。有一阵研究中国丝绸，弄到许多大藏经的封面，各种颜色都有：宝蓝的、茶褐的、肉色的，花纹也是各式各样。沈先生后来写了一本《中国丝绸图案》。有一阵研究刺绣。除了衣服、裙子，弄了好多扇套、眼镜盒、香袋。不知他是从哪里"寻摸"来的。这些绣品的针法真是多种多样。我只记得有一种绣法叫"打子"，是用一个一个丝线疙瘩缀出来的。他给我看一种绣品，叫"七色晕"，用七种颜色的绒绣成一个团花，看了真叫人发晕。他搜集、研究这些东西，不是为了消遣，是从发现、证实中国历史文化的优越这个角度出发的，研究时充满感情。我在他八十岁生日写给他的诗里有一联：

玩物从来非丧志，著书老去为抒情。

这全是纪实。沈先生提及某种文物时常是赞叹不已。马王堆那副不到一两重的纱衣，他不知说了多少次。刺绣用的金线原来是盲人用一把刀，全凭手感，就金箔上切割出来的。他说起时非常感动。有一个木俑（大概是楚俑）一尺多高，衣服非常特别：上衣的一半（连同袖子）是黑色，一半是红的；下裳正好相反，一半是红的，一半是黑的。沈先生说："这真是现代派！"如果照这样式（一点不用修改）做一件时装，拿到巴黎去，由一个长身细腰的模特儿穿起来，到表演台上转那么一转，准能把全巴黎都"镇"了！他平生搜集的文物，在他生前全都分别捐给了几个博物馆、工艺美术院校和工艺美术工厂,连收条都不要一个。

沈先生自奉甚薄。穿衣服从不讲究。他在《湘行散记》里说他穿了一件细毛料的长衫,这件长衫我可没见过。我见他时总是一件洗得褪了色的蓝布长衫,夹着一摞书,匆匆忙忙地走。解放后是蓝卡其布或涤卡的干部服,黑灯芯绒的"懒汉鞋"。有一年做了一件皮大衣(我记得是从房东手里买的一件旧皮袍改制的,灰色粗线呢面),他穿在身上,说是很暖和,高兴得像一个孩子。吃得很清淡。我没见他下过一次馆子。在昆明,我到文林街二十号他的宿舍去看他,到吃饭时总是到对面米线铺吃一碗一角三分钱的米线。有时加一个西红柿,打一个鸡蛋,超不过两角五分。三姐是会做菜的,会做八宝糯米鸭,炖在一个大砂锅里,但不常做。他们住在中老胡同时,有时张充和骑自行车到前门月盛斋买一包烧羊肉回来,就算加了菜了。在小羊宜宾胡同时,常吃的不外是炒四川的菜头,炒茨菇。沈先生爱吃茨菇,说"这个好,比土豆'格'高"。他在《自传》中说他很会炖狗肉,我在昆明,在北京都没见他炖过一次。有一次他到他的助手王亚蓉家去,先来看看我(王亚蓉住在我们家马路对面,——他七十多了,血压高到二百多,还常为了一点研究资料上的小事到处跑),我让他过一会来吃饭。他带来一卷画,是古代马戏图的摹本,实在是很精彩。他非常得意地问我的女儿:"精彩吧?"那天我给他做了一只烧羊腿,一条鱼。他回家一再向三姐称道:"真好吃。"他经常吃的荤菜是:猪头肉。

他的丧事十分简单。他凡事不喜张扬,最反对搞个人的纪念活动。反对"办生做寿"。他生前累次嘱咐家人,他死后,不开追悼会,不举行遗体告别。但火化之前,总要有一点仪式。新华社消息的标题是沈从文告别亲友和读者,是合适的。只通知少数亲友。——有一些景仰他的人是未接通知自己去的。不收花圈,只有约二十多个布满鲜花的花篮,很大的白色的百合花、康乃馨、菊花、菖兰。参加仪式的人也不戴纸制的白花,但每人发给一枝半开的月季,行礼后放在遗体边。不放哀乐,放沈先生生前喜爱的音乐,如贝多芬的"悲怆"奏鸣曲等。沈先生面色如生,很安详地躺着。我走近他身边,看着他,久久不能离开。这样一个人,就这样地去了。我看他一眼,又看一眼,我哭了。

沈先生家有一盆虎耳草,种在一个椭圆形的小小钧窑盆里。很多人不认识这种草。这就是《边城》里翠翠在梦里采摘的那种草,沈先生喜欢的草。

一九八八年五月二十六日

给一个中年作家的信

——与友人谈沈从文

×× ：

春节前后两信均收到。

你听说出版社要出版沈先生的选集，我想在后面写几个字，你心里"咯噔一跳"。我说准备零零碎碎写一点，你不放心，特地写了信来，嘱咐我"应当把这事当一件事来做"。你可真是个有心人！不过我告诉你，目前我还是只能零零碎碎地写一点。这是我的老师给我出的主意。这是个好主意，一个知己知彼、切实可行的主意。

而且，我最近把沈先生的主要作品浏览了一遍，觉得连零零碎碎写一点也很难。

难处之一是他已经被人们忘记了。四十年前，我有一次和沈先生到一个图书馆去，在一列一列的书架面前，他叹息道："看到有那么多人，写了那么多书，我什么也不想写了。"古今中外，多少人写了多少书呀，真是浩如烟海。在这个书海里加进自己的一本，究竟有多大意义呢？有多少书能够在人的心上留下一点影响呢？从这个方面看，一个人的作品被人忘记，并不是很值得惆怅的事。

但从另一方面看，一个人写了那样多作品，却被人忘记得这样干净——至少在国内是如此，总是一件很奇怪的事。

原因之一，是沈先生后来不写什么东西——不搞创作了。沈先生创作最旺盛的十年是从一九二四到一九三四这十年。十年里他写了一本自传，两本散文（《湘西》和《湘行散记》），一个未完成的长篇（《长河》），四十几个短篇小说集。在数量上，同时代的作家中很少有能和他相比的，至少在短篇小说方面。四十年代他写的东西就不多了。五十年代以后，基本上没有写什么。沈先生放下搞创作的笔，已经三十年了。

解放以后不久，我曾看到过一个对文艺有着卓识和具眼的党内负责同志给沈先生写的信（我不能忘记那秀整的字迹和直接在信纸上勾抹涂改的那种"修辞立其诚"的坦白态度），劝他继续写作，并建议如果一时不能写现实的题材，就先写写历史题材。沈先生在一九五七年出版的小说选集的《题记》中也表示："希望过些日子，还能够重新拿起手中的笔，和大家一道来讴歌人民在觉醒中，在胜利中，为建设祖国、建设家乡、保卫世界和平所贡献的劳力，和表现的坚固信心及充沛热情。我的生命和我手中这支笔，也自然会因此重新回复活泼而年青！"但是一晃三十年，他的那支笔还在放着。只有你这个对沈从文小说怀有偏爱的人，才会在去年文代会期间结结巴巴地劝沈先生再回到文学上来。

这种可能性是几乎没有的了。他"变"成了一个文物专家。这也是命该如此。他是一个不可救药的"美"的爱好者，对于由于人的劳动而创造出来的一切美的东西具有一种宗教徒式的狂热。对于美，他永远不缺乏一个年轻的情人那样的惊喜与崇拜。直到现在，七十八岁了，也还是那样。这是这个人到现在还不老的一个重要原因。他的兴趣是那样的广。我在昆明当他的学生的时候，他跟我（以及其他人）谈文学的时候，远不如谈陶瓷，谈漆器，谈刺绣的时候多。他不知从哪里买了那么多少数民族的挑花布。沏了几杯茶，大家就跟着他对着这些挑花图案一起赞叹了一个晚上。有一阵，一上街，就到处搜罗缅漆盒子。这种漆盒，大概本是盒具，圆形，竹胎，用竹笔刮绘出红黑两色的云龙人物图像，风格直接楚器，而自具缅族特点。不知道什么道理，流入昆明很多。他搞了很多。装印泥、图章、邮票的，装芙蓉糕萨其玛的，无不是这种圆盒。昆明的熟人没有人家里没有沈从文送的这种漆盒。有一次他定睛对一个直径一尺的大漆盒看了很久，抚摸着，说："这可以做一个《红黑》杂志的封面！"有一次我陪他到故宫去看瓷器，一个莲子盅的造型吸引了人的眼睛。沈先

沈从文与张兆和

生小声跟我说："这是按照一个女人的奶子做出来的。"四十年前，我向他借阅的谈工艺的书，无不经他密密地批注过，而且贴了很多条子。他的"变"，对我，以及一些熟人，并不突然。而且认为这和他的写小说，是可以相通的。他是一个高明的鉴赏家。不过所鉴赏的对象，一为人，一为物。这种例子，在文学史上不多见，因此局外人不免觉得难于理解。不管怎么说，在通常意义上，沈先生是改了行了，而且已经是无可挽回的了。你希望他"回来"，他只要动一动步，他的那些丝绸铜铁都会叫起来的："沈老，沈老，别走，别走，我们要你！"

沈从文的"改行"，从整个文化史来说，是得是失，且容天下后世人去作结论吧，反正，他已经三十年不写小说了。

三十年。因此现在三十岁的年轻人多不知道沈从文这个名字。四五十岁的呢？像你这样不声不响地读着沈从文小说的人很少了。他们也许知道这个人，在提及时也许会点起一枝烟，翘着一只腿，很潇洒地说："哈，沈从文，这个人的文字有特点！"六十岁的人，有些是读过他的作品并且受过影响的，但是多年来他们全都保持沉默，无一例外。因此，沈从文就被人忘记了。

谈话，都得大家来谈，互相启发，才可能说出精彩的、有智慧的意见。一个人说话，思想不易展开。幸亏有你这样一个好事者，我说话才有个对象，否则真是对着虚空演讲，情形不免滑稽。独学无友，这是难处之一。

难处之二，是我自己。我"老"了。我不是说我的年龄。我偶尔读了一些国外的研究沈从文的专家的文章，深深感到这一点。我不是说他们的见解怎么深刻、正确，而是我觉得那种不衫不履、无拘无束、纵意而谈的挥洒自如的风度，我没有了。我的思想老化了，僵硬了。我的语言失去了弹性，失去了滋润、柔软。我的才华（假如我曾经有过）枯竭了。我这才发现，我的思想背上了多么沉重的框框。我的思想穿了制服。三十年来，没有真正执行"百花齐放"的方针，使很多人的思想都浸染了官气，使很多人的才华没有得到正常发育，很多人的才华过早地枯萎，这是一个看不见的严重的损失。

以上，我说了我写这篇后记的难处，也许也正说出了沈先生的作品被人忘记的原因。那原因，其实是很清楚的：是政治上和艺术上的偏见。

请容许我说一两句可能也是偏激的话：我们的现代文学史（包括古代文学史也一样）不是文学史，是政治史，是文学运动史，文艺论争史，文学派别史。什么时候我们能够排除各种门户之见，直接从作家的作品去探讨它的社会意义和美学意义呢？

　　现在，要出版沈从文选集，这是一件好事！这是春天的信息，这是"百花齐放"的具体体现。

　　你来信说，你春节温书，读了沈先生的小说，想着一个问题：什么是艺术生命？你的意思是说，沈先生三十年前写的小说，为什么今天还有蓬勃的生命呢？你好像希望我回答这个问题。我也在想着一个问题：现在出版沈从文选集，意义是什么呢？是作为一种"资料"让人们知道五四以来有这样一个作家，写过这样一些作品，他的某些方法，某些技巧可以"借鉴"，可以"批判"地吸取？推而广之，契诃夫有什么意义？拉斐尔有什么意义？贝多芬有什么意义？演奏一首D大调奏鸣曲，只是为了让人们"研究"？它跟我们的现实生活不发生关系？……

　　我的问题和你的问题也许是一个。

　　这个问题很不好回答。我想了几天，后来还是在沈先生的小说里找到了答案，那是《长河》里夭夭所说的：

　　"好看的应该长远存在。"

一个乡下人对现代文明的抗议

　　沈从文是一个复杂的作家。他不是那种"让组织代替他去思想"[①] 的作家。从内容到形式，从思想到表现方法，乃至造句修辞，都有他自己的一套。

　　有一种流行的轻率的说法，说沈从文是一个"没有思想"，"没有灵魂"，"空虚"的作家。一个作家，总有他的思想，尽管他的思想可能是肤浅的，庸俗的，晦涩难懂的，或是反动的。像沈先生这样严肃地，辛苦而固执地写了二十年小说的作家，没有思想，这种说法太离奇了。

　　沈先生自己也常说，他的某些小说是"习作"，是为了教学的需要，为了给学生示范，教他们学会"用不同方法处理不同问题"。或完全用对话，或一句对话也不用……如此等等。这也是事实。我在上他的"创作实习"课的时候，有一次写了一篇作业，写一个小县城的小店铺傍晚上灯时来往坐歇的各色人等活动，他就介绍我看他的《腐烂》。这就给某些评论家以口实，说沈先生的小说是从形式出发的。用这样的办法评论一个作家，实在太省事了。教学生"用不同方法处理问题"是一回事，作家的思想是另一回事。两者不能混为一

---

① 海明威语。

谈。创作本是不能教的。沈先生对一些不写小说、不写散文的文人兼书贾却在那里一本一本地出版"小说作法"、"散文作法"之类，觉得很可笑也很气愤（这种书当时是很多的），因此想出用自己的"习作"为学生作范例。我到现在，也还觉得这是教创作的很好的，也许是唯一可行的办法。我们，当过沈先生的学生的人，都觉得这是有效果的，实惠的。我倒愿意今天大学里教创作的老师也来试试这种办法。只是像沈先生那样能够试验多种"方法"，掌握多种"方法"的师资，恐怕很不易得。用自己的学习带领着学生去实践，从这个意义讲，沈先生把自己的许多作品叫作"习作"，是切合实际的，不是矫情自谦。但是总得有那样的生活，并从生活中提出思想，又用这样的思想去透视生活，才能完成这样的"习作"。

沈先生是很注重形式的。他的"习作"里诚然有一些是形式重于内容的。比如《神巫之爱》和《月下小景》。《月下小景》摹仿《十日谈》，这是无可讳言的。"金狼旅店"在中国找不到，这很像是从塞万提斯的传奇里借用来的。《神巫之爱》里许多抒情歌也显然带着浓厚的异国情调。这些写得很美的诗让人想起萨孚的情歌、《圣经》里的《雅歌》。《月下小景》故事取于《法苑珠林》等书。在语言上仿照佛经的偈语，多四字为句；在叙事方法上也竭力铺排，重复华丽，如六朝译经体格。我们不妨说，这是沈先生对不同文体所作的尝试。我个人认为，这不是沈先生的重要作品，只是备一招而已。就是这样的试验文体的作品，也不是完全不倾注作者的思想。

沈先生曾说："这世界上或有想在沙基或水面上建造崇楼杰阁的人，那可不是我。"他对称他为"空虚"的，"没有思想"的评论家提出了无可奈何的抗议。他说他想建造神庙，这神庙里供奉的是"人性"。——什么是他所说的"人性"？

他的"人性"不是抽象的。不是欧洲中世纪的启蒙主义者反对基督的那种"人性"。简单地说，就是没有遭到外来的资本主义的物质文明和精神文明的侵略，没有被洋油、洋布所破坏前中国土著的抒情诗一样的品德。我们可以鲁莽一点，说沈从文是一个民族主义者。

沈先生对他的世界观其实是说得很清楚的，并且一再说到。

沈先生在《长河》题记中说："……用辰河流域一个小小的水码头作背景，就我所熟习的人事作题材，来写这个地方一些平凡人物生活上的'常'与'变'，以及在两相乘除中所有的哀乐。"他所说的"常"与"变"是什么？

"常"就是"前一代固有的优点，尤其是长辈妇女，祖母或老姑母们勤俭治生忠厚待人处，以及在素朴自然景物下衬托简单信仰蕴藉了多少抒情诗气分"。所谓"变"就是这些品德"被外来洋布煤油逐渐破坏，年青人几乎全不认识，也毫无希望从学习中去认识"。"常"就是"农村社会所保有那点正直素朴人情美"；"变"就是"近二十年实际社会培养成功的一种唯实唯利的庸俗人生观"。"常"与"变"，也就是沈先生在《边城》题记提出的"过去"与"当前"。抒情诗消失，人的生活越来越散文化，人应当怎样活下去，这是资本主义席卷世界之后，许多现代的作家探索和苦恼的问题。这是现代文学的压倒的主题。这也是沈先生全部小说的一个贯串性的主题。

多数现代作家对这个问题是绝望的。他们的调子是低沉的，哀悼的，尖刻的，愤世嫉俗的，冷嘲的。沈从文不是这样的人。他不是一个悲观主义者。一九四五年，在他离开昆明之际，他还郑重地跟我说："千万不要冷嘲。"这是对我的做人和作文的一个非常有分量的警告。最近我提及某些作品的玩世不恭的倾向，他又说："这不好。对现实可以不满，但一定要有感情。就是开玩笑，也要有感情。"《长河》的题记里说："横在我们面前的许多事都使人痛苦，可是却不用悲观。社会还正在变化中，骤然而来的风风雨雨，说不定会把许多人的高尚理想，卷扫摧残，弄得无踪无迹。然而一个人对于人类前途的热忱，和工作的虔敬态度，是应当永远存在，且必然能给后来者以极大鼓励的！"沈从文的小说的调子自然不是昂扬的，但是是明朗的，引人向上的。

他叹息民族品德的消失，思索着品德的重造，并考虑从什么地方下手。他把希望寄托于"自然景物的明朗，和生长在这个环境中几个小儿女的性情上的天真纯粹"。

沈先生有时在他的作品中发议论。《长河》是个有意用夹叙夹议的方法来写的作品。其他小说中也常常从正反两个方面阐述他的"民族品德重造论"。但是更多的时候他把他的思想包藏在形象中。

《从文自传》中说："我记得迭更司的《冰雪因缘》、《滑稽外史》、《贼史》这三部书反复约占去了我两个月的时间。我欢喜这种书，因为他告给我的正是我所要明白的。他不像别的书尽说道理，他只记下一些生活现象。即或书中包含的还是一种很陈腐的道理，但作者却有本领把道理包含在现象中。"

沈先生那时大概没有读过恩格斯的书，然而他的认识和恩格斯的倾向性不要特别地说出，是很相近的。沈先生自己也正是这样做的。他把他的思想深深地隐藏在人物和故事的后面。以致当时就有很多人不知道他要说什么。他们不知道沈从文说的是什么，他们就以为他没有说什么。沈先生有些不平了。他在《从文小说习作选》的题记里说："你们能欣赏我故事的清新，照例那作品背后蕴藏的热情却忽略了；你们能欣赏我文字的朴实，照例那作品背后隐伏的悲痛也忽略了。"他说他的作品在市场上流行，实际上近于"买椟还珠"。这原是难怪的，因为这种热情和悲痛不在表面上。

其实这也不错。作品的思想和它的诗意究竟不是"椟"和"珠"的关系，它是水果的营养价值和红、香、酸、甜的关系。人们吃水果不是吃营养。营养是看不见，尝不出来的。然而他看见了颜色，闻到了香气，入口觉得很爽快，这就很好了。

我不想讨论沈先生的民族品德重造论。沈先生在观察中国的问题时用的也不是一个社会学家或一个主教的眼睛。他是一个诗人。他说：

"我看一切，却并不把那个社会价值掺加进去，估定我的爱憎。……我永远不厌倦的是'看'一切。宇宙万汇在动作中，在静止中，在我印象里，我都能抓定它的最美丽与最调和的风度，但我的爱好显然却不能同一般目的相合。我不明白一切同人类生活相联结时的美恶，换一句话来说，就是我不大能领会伦理的美。接近人生时我永远是个艺术家的感情。"

有诗意还是没有诗意，这是沈先生评价一切人和事物的唯一标准。他怀念祖母或老姑母们，是她们身上"蕴籍了多少抒情诗气分"。他讨厌"时髦青年"，是讨厌他们"唯实唯利的庸俗人生观"。沈从文的世界是一个充满乡土气息的抒情诗的世界。他一直把他的诗人气质完好地保存到七十八岁。文物，是他现在陶醉在里面的诗。只是由于这种陶醉，他却积累了一大堆吓人的知识。

水边的抒情诗人

大概每一个人都曾在一个时候保持着对于家乡的新鲜的记忆。他会清清楚楚地记得从自己的家走到所读的小学沿街的各种店铺、作坊、市招、响器、小庙、安放水龙的"局子"、火灾后留下的焦墙、糖坊煮麦芽的气味、竹厂烤竹子的气味……他可以挨着门数过去，一处不差。故乡的瓜果常常是远方的游子难忍的蛊惑。故乡的景物一定会在三四十岁时还常常入梦的。一个人对生长居住的地方失去新鲜感，像一个贪吃的人失去食欲一样，那他也就写不出什么东西了。乡情的衰退的同时，就是诗情的锐减。可惜呀，我们很多人的乡情和诗情在多年的无情的生活折损中变得迟钝了。

沈先生是幸福的，他在三十几岁时写了一本《从文自传》。

这是一本奇妙的书。这样的书本来应该很多，但是却很少。在中国，好像只有这样一本。这本自传没有记载惊天动地的大事，没有干过大事的历史人物，也没有个人思想感情上的雷霆风暴，只是不加夸饰地记录了一个小地方，一个小小的人的所见、所闻、所感。文字非常朴素。在沈先生的作品中，《自传》的文字不是最讲究、最成熟的，然而却是最流畅的。沈先生说他写东西很少有一气呵成的时候。他的文章是"一个字一个字地雕出来的"。这本书是一个例外（写得比较顺畅的，另外还有一个《边城》）。沈先生说他写出一篇就拿去排印，连看一遍都没有，少有。这本书写得那样的生动、亲切、自然，曾经感动过很多人，当时有一个杂志（好像是《宇宙风》），向一些知名作家征求他本年最爱读的三本书，一向很不轻易地称许人的周作人，头一本就举了《从文自传》。为什么写那样顺畅，而又那样生动、亲切、自然，是因为：

"我就生长到这样一个小城里，将近十五岁时方离开。出门两年半回过那小城一次以后，直到现在为止，那城门我还不再进去过。但那地方我是熟习的。现在还有许多人生活在那个城市里，我却常常生活在那个小城过去给我的印象里。"

这是一本文学自传。它告诉我们一个人是怎样成为作家的，一个作家需要具备哪些素质，接受哪些"教育"。"教育"的意思不是指他在《自传》已提到的《辞源》、迭更斯、《薛氏彝器图录》和索靖的《出师颂》……沈先生是把各种人事、风景，自然界的各种颜色、声音、气味加于他的印象，感觉都算是对自己的教育的。

如果我说：一个作家应该有个好的鼻子，你将会认为这是一句开玩笑的话。不！我是很严肃的。

"薄暮的空气极其温柔，微风摇荡大气中，有稻草香味，有烂熟了山果香味，有甲虫类气味，有泥土气味。一切在成熟，在开始结束一个夏天阳光雨露所及长养生成的一切。……"

我最近到沈先生家去，说起他的《月下小景》，我说："你对于颜色、声音很敏感，对于气味……"

我说："菌子已经没有了，但是菌子的气味留在空气里'，这写得很美，但是我还没有见到一个作家写到甲虫的气味！……"

我的师母张兆和，我习惯上叫她三姐，因为我发现了这一点而很兴奋，说："哎！甲虫的气味！"

沈先生笑眯眯地说："甲虫的分泌物。"

我说："我小时玩过天牛。我知道天牛的气味，很香，很甜！……"

沈先生还是笑眯眯地说："天牛是香的，金龟子也有气味。"

师母说："他的鼻子很灵！什么东西一闻……"

沈从文是一个风景画的大师，一个横绝一代、无与伦比的风景画家。——除了鲁迅的《故乡》、《社戏》，还没有人画出过这样的中国作风，中国气派的风景画。

他的风景画多是混合了颜色、声音和气味的。

举几个例：

从碾坊往上看，看到堡子里比屋连墙，嘉树成荫，正是十分兴旺的样子，往下看，夹溪有无数山田，如堆积蒸糕；因此种田人借用水力，用大竹扎了无数水车，用椿木做成横轴同撑柱，圆圆的如一面锣，大小不等竖立在水边。这一群水车，就同一群游手好闲人一样，成日成夜不知疲倦的咿咿呀呀唱着意义含糊的歌。

——《三三》

辰河中部小口岸吕家坪，河下游约四里一个小土坡，名叫"枫树坳"，坳下有个滕姓祠堂。祠堂前后十几株老枫木树，叶子已被几个早上的严霜，镀上一片黄，一片红，一片紫。枫树下到处是这种彩色斑驳的美丽落叶。祠堂前枫树下有个摆小摊子的，放了三个大小不一的簸箕，簸箕中零星货物上也是这种美丽的落叶。祠堂位置在山坳上，地点较高，向对河望去，但见千山草黄，起野火处有白烟如云。村落中乡下人为耕牛过冬预备的稻草，傍附树根堆积，无不如塔如坟。银杏白杨树成行高矗，大小叶片在微阳下翻飞，黄绿杂彩相间，如旗帜，如羽葆。又如有所招邀，有所期待。沿河橘子园尤呈奇观，绿叶浓翠绵延小河两岸，缀系在枝头的果实，丹朱明黄，繁密如天上星子，远望但见一片光明，幻异不可形容。河下船埠边，有从土地上得来的瓜果、薯芋，以及各种农产物，一堆堆放在

汪曾祺写沈从文、端木蕻良

那里，等待装运下船。三五个孩子，坐在这种庞大堆积物上，相互扭打游戏。河中乘流而下行驶的小船，也多数装满了这种深秋收获物，并装满了弄船人欢欣与希望，向辰谿县、浦市、辰州各个码头集中，到地后再把它卸到干涸河滩上去等待主顾。更远处有皮鼓铜锣声音，说明某一处村中人对于这一年来人与自然合作的结果，因为得到满意的收成，正在野地上举行谢土的仪式，向神表示感激，并预约"明年照常"的简单愿心。

土地已经疲劳了，似乎行将休息，云物因之转增妍媚，天宇澄清，河水澄清。

——《长河·秋（动中有静）》

在小说描写人物心情时，时或糅进景物的描写，这种描写也无不充满着颜色、声音与气味，与人的心情相衬托，相一致。如：

到午时，各处船上都已经有人在烧饭了。湿柴烧不燃，烟子到处窜，使人流泪打嚏。柴烟平铺到水面如薄绸。听到河街馆子里大师傅用铲子敲打锅边的声音，听到邻船上白菜落锅的声音，老七还不见回来。

——《丈夫》

在同一地方，另外一些小屋子里，一定也还有那种能够在小灶里塞上一点湿柴，升起晚餐烟火的人家，湿柴毕毕剥剥的在灶肚中燃着，满屋便窜着呛人的烟子。屋中人，借着灶口的火光，或另一小小的油灯光明，向那个黑色锅里，倒下一碗鱼内脏或一把辣子，于是辛辣的气味同烟雾混合，屋中人皆打着喷嚏，把脸掉向另一方去。

——《泥涂》

对于颜色、声音、气味的敏感，是一个画家，一个诗人必须具备的条件。这种敏感是要从小培养的。沈先生在给我们上课时就说过：要训练自己的感觉。学生之中有人学会一点感觉，从沈先生的谈吐里，从他的书里。沈先生说他从小就爱到处看，到处听，还到处嗅闻。"我的心总得为一种新鲜声音，新鲜气味而跳。"（《从文自传》）就是一些声音、颜色、气味的记录。当然，主要的还是人。声音、颜色、气味都是附着于人的。沈先生的小说里的人物大都在《自传》里可以找到影子。可以说，《自传》是他所有的小说的提要；他的小说是《自传》的合编。

沈先生的最好的小说是写他的家乡的。更具体地说，是写家乡的水的。沈先生曾写过一篇文章，题为"我的写作和水的关系"。"我幼小时较美丽的生活，大部分都与水不能分离，我的学校可以说是在水边的。我认识美学会思索，水对我有极大关系。"（《自传》）湘西的一条辰河，流过沈从文的全部作品。他的小说的背景多在水边，随时出现的是广舱子、渡船、木筏、荤烟划子，磨坊、码头、吊脚楼……小说的人物是水边生活，靠水吃水的人，三三、天天、翠翠、天保、傩送、老七、水保……关于这条河有说不尽的故事。沈先生写了多少篇关于辰河、沅水、商水的小说，即每一篇都有近似的色调，然而每一篇又各有特色，每一篇都有不同动人的艺术魅力。河水是不老的，沈先生的小说也永远是清新的。一个人不知疲倦地写着一条河的故事，原因只有一个：他爱家乡。

如果说沈先生的作品是乡土文学，只取这个名词的最好的意义，我想也许沈先生不会反对。

沈从文先生在西南联大

沈先生在联大开过三门课：各体文习作、创作实习和中国小说史。三门课我都选了，——各体文习作是中文系二年级必修课，其余两门是选修。西南联大的课程分必修与选修两种。中文系的语言学概论、文字学概论、文学史（分段）……是必修课，其余大都是任凭学生自选。诗经、楚辞、庄子、昭明文选、唐诗、宋诗、词选、散曲、杂剧与传奇……选什么，选哪位教授的课都成。但要凑够一定的学分（这叫"学分制"）。一学期我只选两门课，那不行。自由，也不能自由到这种地步。

创作能不能教？这是一个世界性的争论问题。很多人认为创作不能教。我们当时的系主任罗常培先生就说过：大学是不培养作家的，作家是社会培养的。这话有道理。沈先生自己就没有上过什么大学。他教的学生后来成为作家的，也极少。但是也不是绝对不能教。沈先生的学生现在能算是作家的，也还有那么几个。问题是由什么样的人来教，用什么方法教。现在的大学里很少开创作课的，原因是找不到合适的人来教。偶尔有大学开这门课的，收效甚微，原因是教得不甚得法。

教创作靠"讲"不成。如果在课堂上讲鲁迅先生所讥笑的"小说作法"之类，讲如何作人物肖像，如何描写环境，如何结构，结构有几种——攒珠式的、橘瓣式的……那是要误人子弟的，教创作主要是让学生自己"写"。沈先生把他的课叫做"习作"、"实习"，很能说明问题。如果要讲，那"讲"要在"写"之后。就学生的作业，讲他的得失。教授先讲一套，让学生照猫画虎，那是行不通的。

　　沈先生是不赞成命题作文的，学生想写什么就写什么。但有时在课堂上也出两个题目。沈先生出的题目都非常具体。我记得他曾给我的上一班同学出过一个题目："我们的小庭院有什么"，有几个同学就这个题目写了相当不错的散文，都发表了。他给比我低一班的同学曾出过一个题目："记一间屋子里的空气"！我的那一班出过些什么题目，我倒不记得了。沈先生为什么出这样的题目？他认为：先得学会车零件，然后才能学组装。我觉得先做一些这样的片段的习作，是有好处的，这可以锻炼基本功。现在有些青年文学爱好者，往往一上来就写大作品，篇幅很长，而功力不够，原因就在零件车得少了。

　　沈先生的讲课，可以说是毫无系统。前已说过，他大都是看了学生的作业，就这些作业讲一些问题。他是经过一番思考的，但并不去翻阅很多参考书。沈先生读很多书，但从不引经据典，他总是凭自己的直觉说话，从来不说亚里士多德怎么说、福楼拜怎么说、托尔斯泰怎么说、高尔基怎么说。他的湘西口音很重，声音又低，有些学生听了一堂课，往往觉得不知道听了一些什么。沈先生的讲课是非常谦抑，非常自制的。他不用手势，没有任何舞台道白式的腔调，没有一点哗众取宠的江湖气。他讲得很诚恳，甚至很天真。但是你要是真正听"懂"了他的话，——听"懂"了他的话里并未发挥馨尽的余意，你是会受益匪浅，而且会终生受用的。听沈先生的课，要像孔子的学生听孔子讲话一样："举一隅而三隅反。"

　　沈先生讲课时所说的话我几乎全都忘了（我这人从来不记笔记）！我们有一个同学把闻一多先生讲唐诗课的笔记记得极详细，现已整理出版，书名就叫《闻一多论唐诗》，很有学术价值，就是不知道他把闻先生讲唐诗时的"神气"记下来了没有。我如果把沈先生讲课时的精辟见解记下来，也可以成为一本《沈从文论创作》。可惜我不是这样的有心人。

　　沈先生关于我的习作讲过的话我只记得一点了，是关于人物对话的。我写了一篇小说（内容早已忘记干净），有许多对话。我竭力把对话写得美一点，有诗意，有哲理。沈先生说："你这不是对话，是两个聪明脑壳打架！"从此我知道对话就是人物所说的普普通通的话，要尽量写得朴素。不要哲理，不要诗意。这样才真实。

　　沈先生经常说的一句话是："要贴到人物来写。"很多同学不懂他的这句话是什么意思。我以为这是小说学的精髓。据我的理解，沈先生这句极其简略的话包含这样几层意思：小说里，人物是主要的，主导的；其余部分都是派生的，次要的。环境描写、作者的主观抒情、议论，都只能附着于人物，不能和人物游离，作者要和人物同呼吸、共哀乐。作者的心要随时紧贴着人物。什么时候作者的心"贴"不住人物，笔下就会浮、泛、飘、滑，花里胡哨，故弄玄虚，失去了诚意。而且，作者的叙述语言要和人物相协调。写农民，叙述语言要接近农民；写市民，叙述语言要近似市民。小说要避免"学生腔"。

我以为沈先生这些话是浸透了淳朴的现实主义精神的。

沈先生教写作，写的比说的多，他常常在学生的作业后面写很长的读后感，有时会比原作还长。这些读后感有时评析本文得失，也有时从这篇习作说开去，谈及有关创作的问题，见解精到，文笔讲究。——一个作家应该不论写什么都写得讲究。这些读后感也都没有保存下来，否则是会比《废邮存底》还有看头的。可惜！

沈先生教创作还有一种方法，我以为是行之有效的，学生写了一个作品，他除了写很长的读后感之外，还会介绍你看一些与你这个作品写法相近似的中外名家的作品看。记得我写过一篇不成熟的小说《灯下》，记一个店铺里上灯以后各色人的活动，无主要人物、主要情节，散散漫漫。沈先生就介绍我看了几篇这样的作品，包括他自己写的《腐烂》。学生看看别人是怎样写的，自己是怎样写的，对比借鉴，是会有长进的。这些书都是沈先生找来，带给学生的。因此他每次上课，走进教室里时总要夹着一大摞书。

沈先生就是这样教创作的。我不知道还有没有别的更好的方法教创作。我希望现在的大学里教创作的老师能用沈先生的方法试一试。

学生习作写得较好的，沈先生就做主寄到相熟的报刊上发表。这对学生是很大的鼓励。多年以来，沈先生就干着给别人的作品找地方发表这种事。经他的手介绍出去的稿子，可以说是不计其数了。我在一九四六年前写的作品，几乎全都是沈先生寄出去的。他这辈子为别人寄稿子用去的邮费也是一个相当可观的数目了。为了防止超重太多，节省邮费，他大都把原稿的纸边裁去，只剩下纸芯。这当然不大好看。但是抗战时期，百物昂贵，不能不打这点小算盘。

沈先生教书，但愿学生省点事，不怕自己麻烦。他讲《中国小说史》，有些资料不易找到，他就自己抄，用夺金标毛笔，筷子头大的小行书抄在云南竹纸上。这种竹纸高一尺，长四尺，并不裁断，抄得了，卷成一卷。上课时分发给学生。他上创作课夹了一摞书，上小说史时就夹了好些纸卷。沈先生做事，都是这样，一切自己动手，细心耐烦。他自己说他这种方式是"手工业方式"。他写了那么多作品，后来又写了很多大部头关于文物的著作，都是用这种手工业方式搞出来的。

沈先生对学生的影响，课外比课堂上要大得多。他后来为了躲避日本飞机空袭，全家移住到呈贡桃园新村，每星期上课，进城住两天。文林街二十号联大教职员宿舍有他一间屋子。他一进城，宿舍里几乎从早到晚都有客人。客人多半是同事和学生，客人来，大都是来借书，求字，看沈先生收到的宝贝，谈天。

沈先生有很多书，但他不是"藏书家"，他的书，除了自己看，也是借给人看的，联大文学院的同学，多数手里都有一两本沈先生的书，扉页上用淡墨签了"上官碧"的名字。谁借了什么书，什么时候借的，沈先生是从来不记得的。直到联大"复员"，有些同学的行装里还带着沈先生的书，这些书也就随之而漂流到四面八方了。沈先生书多，而且很杂，除了一般的四部书、中国现代文学、外国文学的译本，社会学、人类学、黑格尔的《小逻辑》、弗洛伊德、亨利·詹姆斯、道教史、陶瓷史、《髹饰录》、《糖霜谱》……兼收并蓄，五花八门。这些书，沈先生大都认真读过。沈先生称自己的学问为"杂知识"。一个作家读书，是应该杂一点的。沈先生读过的书，往往在书后写两行题记。有的是记一个日期，那天天气如何，也有时发一点感慨。有一本书的后面写道："某月某日，见一大胖女人从桥上过，心中十分难过。"这两句话我一直记得，可是一直不知道是什么意思。大胖女人为什么使沈先生十分难过呢？

沈先生对打扑克简直是痛恨。他认为这样地消耗时间，是不可原谅的。他曾随几位作家到井冈山住了几天。这几位作家成天在宾馆里打扑克，沈先生说起来就很气愤："在这种地方打扑克！"沈先生小小年纪就学会掷骰子，各种赌术他也都明白，但他后来不玩这些。沈先生的娱乐，除了看看电影，就是写字。他写章草，笔稍偃侧，起笔不用隶法，收笔稍尖，自成一格。他喜欢写窄长的直幅，纸长四尺，阔只三寸。他写字不择纸笔，常用糊窗的高丽纸。他说："我的字值三分钱！"从前要求他写字的，他几乎有求必应。近年有病，不能握管，沈先生的字变得很珍贵了。

沈先生后来不写小说，搞文物研究了，国外、国内，很多人都觉得很奇怪。熟悉沈先生历史的人，觉得并不奇怪。沈先生年轻时就对文物有极其浓厚的兴趣。他对陶瓷的研究甚深，后来又对丝绸、刺绣、木雕、漆器……都有广博的知识。沈先生研究的文物基本上是手工艺制品。他从这些工艺品看到的是劳动者的创造性。他为这些优美的造型、不可思议的色彩、神奇精巧的技艺发出的惊叹，是对人的惊叹。他热爱的不是物，而是人，他对一件工艺品的孩子气的天真激情，使人感动。我曾戏称他搞的文物研究是"抒情考古学"。他八十岁生日，我曾写过一首诗送给他，中有一联："玩物从来非丧志，著书老去为抒情"，是记实。他有一阵在昆明收集了很多耿马漆盒。这种黑红两色刮花的圆形缅漆盒，昆明多的是，而且很便宜。沈先生一进城就到处逛地摊，选买这种漆盒。他屋里装甜食点心、装文具邮票……的，都是这种盒子。有一次买得一个直径一尺五寸的大漆盒，一再抚摩，说："这可以作一期《红黑》杂志的封面！"他买到的缅漆盒，除了自用，大多数都送人了。有一回，他不知从哪里弄到很多土家族的挑花布，摆得一屋子，这间宿舍成了一个展览室。来看的人很多，沈先生于是很快乐。这些挑花图案天真稚气而秀雅生动，确实很美。

沈先生不长于讲课，而善于谈天。谈天的范围很广，时局、物价……谈得较多的是风景和人物。他几次谈及玉龙雪山的杜鹃花有多大，某处高山绝顶上有一户人家，——就是这样一户！他谈某一位老先生养了二十只猫。谈一位研究东方哲学的先生跑警报时带了一只小皮箱，皮箱里没有金银财宝，装的是一个聪明女人写给他的信。谈徐志摩上课时带了一个很大的烟台苹果，一边吃，一边讲，还说："中国东西并不都比外国的差，烟台苹果就很好！"谈梁思成在一座塔上测绘内部结构，差一点从塔上掉下去。谈林徽因发着高烧，还躺在客厅里和客人谈文艺。他谈得最多的大概是金岳霖。金先生终生未娶，长期独身。他养了一只大斗鸡。这鸡能把脖子伸到桌上来，和金先生一起吃饭。他到处搜罗大石榴、大梨。买到大的，就拿去和同事的孩子的比，比输了，就把大梨、大石榴送给小朋友，他再去买！……沈先生谈及的这些人有共同特点。一是都对工作、对学问热爱到了痴迷的程度；二是为人天真到像一个孩子，对生活充满兴趣，不管在什么环境下永远不消沉沮丧，无机心，少俗虑。这些人的气质也正是沈先生的气质。"闻多素心人，乐与数晨夕"，沈先生谈及熟朋友时总是很有感情的。

文林街文林堂旁边有一条小巷，大概叫做金鸡巷，巷里的小院中有一座小楼。楼上住着联大的同学：王树藏、陈蕴珍（萧珊）、施载宣（萧荻）、刘北汜。当中有个小客厅。这小客厅常有熟同学来喝茶聊天，成了一个小小的沙龙。沈先生常来坐坐。有时还把他的朋友也拉来和大家谈谈。老舍先生从重庆过昆明时，沈先生曾拉他来谈过"小说和戏剧"。金岳霖先生也来过，谈的题目是"小说和哲学"。金先生是搞哲学的，主要是搞逻辑的，但是读很多小说，从普鲁斯特到《江湖奇侠传》。"小说和哲学"这题目是沈先生给他出的。不料金先生讲了半天，结论却是：小说和哲学没有关系。他说《红楼梦》里的哲学也不是哲学。他谈到兴浓处，忽然停下来，说："对不起，我这里有个小动物！"说着把右手从后脖领伸进去，捉出了一只跳蚤，甚为得意。有人问金先生为什么搞逻辑，金先生说："我觉得它很好玩！"

沈先生在生活上极不讲究。他进城没有正经吃过饭，大都是在文林街二十号对面一家小米线铺吃一碗米线。有时加一个西红柿，打一个鸡蛋。有一次我和他上街闲逛，到玉溪街，他在一个米线摊上要了一盘凉鸡，还到附近茶馆里借了一个盖碗，打了一碗酒。他用盖碗盖子喝了一点，其余的都叫我一个人喝了。

沈先生在西南联大是一九三八年到一九四六年。一晃，四十多年了！

沈从文的寂寞

一九八一年湖南人民出版社出了沈先生的散文选。选集中所收文章，除了一篇《一个传奇的故事》、一篇《张八寨二十分钟》，其余的《从文自传》、《湘行散记》、《湘西》，都是三十年代写的。沈先生写这些文章时才三十几岁，相隔已经半个世纪了。我说这些话，只是点明一下时间，并没有太多感慨。四十年前，我和沈先生到一个图书馆去，站在一架一架的图书面前，沈先生说："看到有那么多人写了那么多书，我真是什么也不想写了！"古往今来，那么多人写了那么多书，书的命运，盈虚消长，起落兴衰，有多少道理可说呢。不过一个人被遗忘了多年，现在忽然又来出他的书，总叫人不能不想起一些问题。这有什么历史的和现实的意义？这对于今天的读者——主要是青年读者的品德教育、美感教育和语言文字的教育有没有作用？作用有多大？……

这些问题应该由评论家、文学史家来回答。我不想回答，也回答不了。我是沈先生的学生，却不是他的研究者（已经有几位他的研究者写出了很好的论文）。我只能谈谈读了他的散文后的印象。当然是很粗浅的。

文如其人。有几篇谈沈先生的文章都把他的人品和作品联系起来。朱光潜先生在《花城》上发表的短文就是这样。这是一篇好文章。其中说到沈先生是寂寞的，尤为知言。我现在也只能用这种办法。沈先生用手中一支笔写了一生，也用这支笔写了他自己。他本人就像一个作品，一篇他自己所写的作品那样的作品。

我觉得沈先生是一个热情的爱国主义者，一个不老的抒情诗人，一个顽强的不知疲倦的语言文字的工艺大师。

这真是一个少见的热爱家乡，热爱土地的人。他经常来往的是家乡人，说的是家乡话，谈的是家乡的人和事。他不止一次和我谈起棉花坡的渡船，谈起枫树坳，秋天，满城飘舞着枫叶。一九八一年他回凤凰一次，带着他的夫人和友人看了他的小说里所写过的景物，都看到了，水车和石碾子也终于看到了，没有看到的只是那个大型榨油坊。七十九岁的老人，说起这些，还像一个孩子。他记得的那样多，知道的那样多，想过的那样多，写了的那样多，这真是少有的事。他自己说他最满意的小说是写一条延长千里的沅水边上的人和事的。选集中的散文更全部是写湘西的。这在中国的作家里不多，在外国的作家里也不多。这些作品都是有所为而作的。

沈先生非常善于写风景。他写风景是有目的的。正如他自己所说：

一首诗或者仅仅二十八个字，一幅画大小不过一方尺，留给后人的印象，却永远是清新壮丽，增加人对于祖国大好河山的感情。

——《张八寨二十分钟》

风景不殊，时间流动。沈先生常在水边，逝者如斯，他经常提到的一个名词是"历史"。他想的是这块土地，这个民族的过去和未来。他的散文不是晋人的山水诗，不是要引人消沉出世，而是要人振作进取。

读沈先生的作品常令人想起鲁迅的作品，想起《故乡》、《社戏》（沈先生最初拿笔，就是受了鲁迅以农村回忆为题材的小说的影响，思想上也必然受其影响）。他们所写的都是一个贫穷而衰弱的农村。地方是很美的，人民勤劳而朴素，他们的心灵也是那样高尚美好，然而却在一种无望的情况中辛苦麻木地生活着。鲁迅的心是悲凉的。他的小说就混合着美丽与悲凉。湘西地方偏僻，被一种更为愚昧的势力以更为野蛮的方式统治着。那里的生活是"怕人"的，所出的事情简直是离奇的。一个从这种生活里过来的青年人，跑到大城市里，接受了"五四"以来的民主思想，转过头来再看看那里的生活，不能不感到痛苦。《新与旧》里表现了这种痛苦，《菜园》里表现了这种痛苦，《丈夫》、《贵生》里也表现了这种痛苦，他的散文也到处流露了这种痛苦。土著军阀随便地杀人，一杀就是两三千。刑名师爷随便地用红笔勒那么一笔，又急忙提着长衫，拿着白铜水烟袋跑到高坡上去欣赏这种不雅观的游戏。卖菜的周家小妹被一个团长抢去了。"小婊子"嫁个老烟鬼。一个矿工的女儿，十三岁就被驻防军排长看中，出了两块钱引诱破了身，最后咽了三钱烟膏，死掉了。……说起这些，能不叫人痛苦？这都是谁的责任？"浦市地方屠户也那么瘦了，是谁的责任？"——这问题看似提得可笑，实可悲。便是这种诙谐语气，也是从一种无可奈何的痛苦心境中发出的。这是一种控诉。在小说里，因为要"把道理包含在现象中"，控诉是无言的。在散文中有时就明明白白地说了出来。"读书人的同情，专家的调查，对这种人有什么用？若不能在调查和同情以外有一个'办法'，这种人总永远用血和泪在同样情形中打发日子。地狱俨然就是为他们而设的。他们的生活，正说明'生命'在无知与穷困包围中必然的种种。"（《辰溪的煤》）沈先生是一个不习惯于大喊大叫的人，但这样的控诉实不能说是十分"温柔敦厚"。不知道为什么他的这些话很少有人注意。

沈从文不是一个悲观主义者。个人得失事小，国家前途事大。他曾经明确提出："民族兴衰，事在人为。"就在那样黑暗腐朽（用他的说法是"腐烂"）的时候，他也没有丧失信心。他总是想激发青年的自尊心和自信心。"在事业上有以自现，在学术上有以自立。"他最反对愤世嫉俗，玩世不恭。在昆明，他就跟我说过："千万不要冷嘲。"一九四六年，我到上海，失业，曾想过要自杀，他写了一封长信把我大骂了一通，说我没出息。信中又提到"千万不要冷嘲"。他在《〈长河〉题记》中说："横在我们面前的许多事都使人痛苦，可是却不用悲观。社会还正在变化中，骤然而来的风风雨雨，说不定把许多人的高尚理想，卷扫摧残，弄得无踪无迹，然而一个人对于人类前途的热忱，和工作的虔敬态度，是应当永远存在，且必然能给后来者以极大鼓励的！"事情真奇怪，沈先生这些话是一九四二年说的，听起来却好像是针对"文化大革命"而说的。我们都是经过那十年"痛苦怕人"的生活，国家暂时还有许多困难，有许多问题待解决。有一些青年，包括一些青年作家，不免产生冷嘲情绪，觉得世事一无可取，也一无可为。你们是不是可以听听一个老作家四十年前所说的这些很迂执的话呢？

我说这些话好像有点岔了题。不过也还不是离题万里。我的目的只是想说说沈先生的以民族兴亡为己任的爱国热情。

沈先生关心的是人，人的变化，人的前途。他几次提家乡人的品德性格被一种"大力"所扭曲、压扁。"去乡已十八年，一入辰河流域，什么都不同了。表面上看来，事事物物自然都有了极大进步，试仔细注意注意，便见出在变化中的一种堕落趋势。最明显的事，即农村社会所保有那点正直朴素的人情美，几乎快要消失无余，代替而来的却是近二十年实际社会培养成功的一种唯实唯利的庸俗人生观。敬鬼神畏天命的迷信固然已经被常识所摧毁，然而做人时的义利取舍是非辨别也随同泯没了。"（《〈长河〉题记》）他并没有想把时间拉回去，回到封建宗法社会，归真返璞。他明白，那是不可能的。他只是希望能在一种新的条件下，使民族的热情、品德，那点正直朴素的人情美能够得到新的发展。他在回忆了划龙船的美丽情景后，想到，"我们用什么方法，就可使这些人心中感觉一种对'明天'的'惶恐'，且放弃过去对自然的和平态度，重新来一股劲儿，用划龙船的精神活下去？这些人在娱乐上的狂热，就证明这种狂热能换个方向，就可使他们还配在世界上占据一片土地，活得更愉快更长久一些。不过有什么方法，可以改造这些人的狂热到一件新的竞争方面去，可是个费思索的问题。"（《箱子岩》）"希望到这个地面上，还有一群精悍结实的青年，来驾驭钢铁征服自然，这责任应当归谁？"——"一时自然不会得到任何结论。"他希望青年人能活得"庄严一点，合理一点"，这当然也只是"近乎荒唐的理想"。不过他总是希望着。

他把希望寄托在几个明慧温柔，天真纯粹的小儿女身上。寄托在翠翠身上，寄托在《长河》里的三姊妹身上，也寄托在"一个多情水手与一个多情妇人"身上。——这是一篇写得很美的散文。牛保和那个不知名字的妇人的爱，是一种不正常的爱（这种不正常不该由他们负责），然而是一种非常淳朴真挚，非常美的爱。这种爱里闪耀着一种悠久的民族品德的光。沈先生在《〈长河〉题记》中说："在《〈边城〉题记》上，曾提起一个问题，即拟将'过去'和'当前'对照，所谓民族品德的消失与重造，可能从什么地方着手。《边城》中人物的正直和热情，虽然已经成为过去陈迹了，应当还保留些本质在年轻人的血里或梦里，相宜环境中，即可重新燃起年轻人的自尊心和自信心。"提起《边城》和沈先生的许多其他作品，人们往往愿意和"牧歌"这个词联在一起。这有一半是误解。沈先生的文章有一点牧歌的调子。所写的多涉及自然美和爱情，这也有点近似牧歌。但就本质来说，和中世纪的田园诗不是一回事，不是那样恬静无为。有人说《边城》写的是一个世外桃源，更全部是误解（沈先生在《桃源与沅州》中就把来到桃源县访幽探胜的"风雅"人狠狠地嘲笑了一下）。《边城》（和沈先生的其他作品）不是挽歌，而是希望之歌。民族品德会回来么？

这个人也许永远不回来了，也许明天回来！

回来了！你看看张八寨那个弄船女孩子！

令我显得慌张的，并不是渡船的摇动，却是那个站在船头，嘱咐我不必慌张，自己却从从容容在那里当家作事的弄船女孩子。我们似乎相熟又十分陌生。世界上就真有这种巧事，原来她比我二十四年前写到的一个小说中人翠翠，虽晚生十来岁，目前所处环境却仿佛相同，同样在这么青山绿水中摆渡，青春生命在慢慢长成。不同处是社会变化大，见世面多，虽对人无机心，而对自己生存却充满信心。一种"从劳动中得到快乐增加幸福成功"的信心。这也正是一种新型的乡村女孩子共同的特征。目前一位有一点与众不同，只是所在背景环境。

沈先生的重造民族品德的思想，不知道为什么，多年来不被理解。"我作品能够在市场上流行，实际上近于买椟还珠，你们能欣赏我故事的清新，照例那作品背后蕴藏的热情却忽略了，你们能欣赏我文字的朴实，照例那作品背后隐伏的悲痛也忽略了。""寄意寒星荃不察"，沈先生不能不感到寂寞。他的散文里一再提到屈原，不是偶然的。

寂寞不是坏事。从某个意义上，可以说寂寞造就了沈从文。寂寞有助于深思，有助于想象。"我有自己的生活与思想，可以说是皆从孤独中得来的。我的教育，也是从孤独中得来的。"他的四十本小说，是在寂寞中完成的。他所希望的读者，也是"在多种事业里低头努力，很寂寞地从事于民族复兴大业的人"（《〈长河〉题记》）。安于寂寞是一种美德。寂寞的人是充实的。

寂寞是一种境界，一种很美的境界。沈先生笔下的湘西，总是那么安安静静的。边城是这样，长河是这样，鸭窠围、杨家岨也是这样。静中有动，静中有人。沈先生擅长用一些颜色、一些声音来描绘这种安静的诗境。在这方面，他在近代散文作家中可称圣手。

黑夜占领了全个河面时，还可以看到木筏上的火光，吊脚楼窗口的灯光，以及上岸下船在河岸大石间飘忽动人的火炬红光。这时节岸上船上都有人说话，吊脚楼上且有妇人在黯淡灯光下唱小曲的声音，每次唱完一支小曲时，就有人笑嚷。什么人家吊脚楼下有只小羊叫，固执而且柔和的声音，使人听来觉得忧郁。

这些人房子窗口既一面临河，可以凭了窗口呼喊河下船中人，当船上人过了瘾，胡闹已够，下船时，或者尚有些事情嘱托，或者其他原因，一个晃着火炬停顿在大石间，一个便凭立在窗口，"大老你记着，船下行时又来！""好，我来的，我记着的。""你见了顺顺就说：'会呢，完了；孩子大牛呢，脚膝骨好了；细粉带三斤，冰糖或片糖带三斤。'""记得到，记得到，大娘你放心，我见了顺顺大爷就说：'会呢，完了。大牛呢，好了。细粉来三斤，冰糖来三斤。'""杨氏，杨氏，一共四吊七，莫错账！""是的，放心呵，你说四吊七就四吊七，年三十夜莫会多要你的！你自己记着就是了。"这样那样的说着，我一一都可听到，而且一面还可以听着在黑暗中某一处咩咩的羊鸣。

——《鸭窠围的夜》

真是如闻其声。这样的河上河下喊叫着的对话，我好像在别一处也曾听到过。这是一些多么平常琐碎的话呀，然而这就是人世的生活。那只小羊固执而柔和地叫着，使沈先生不能忘记，也使我多年不能忘记，并且如沈先生常说的，一想起就觉得心里"很软"。

不多久，许多木筏皆离岸了，许多下行船也拔了锚，推开篷，着手荡桨摇橹了。我卧在船舱中，就只听到水面人语声，以及橹桨激水声，与橹桨本身被扳动时咿咿哑哑声。河岸吊脚楼上妇人在晓气迷濛中锐声的喊人，正如同音乐中的笙管一样，超越众声而上。河面杂声的综合，交织了庄严与流动，一切真是一个圣境。

岸上吊脚楼前枯树边，正有两个妇人，穿了毛蓝布衣服，不知商量些什么，幽幽的说着话。这里雪已极少，山头皆裸露作深棕色，远山则为深紫色。地方静得很，河边无一只船，无一个人，无一堆柴。河边某一个大石后面，有人正在捶捣衣服，一下一下的捣。对河也有人说话，却看不清楚人在何处。

——《一个多情水手与一个多情妇人》

"空山不见人，但闻人语响"，"竹喧归浣女，莲动下渔舟"，静中有动，以动为静，这是中国文学的一个长久的传统。但是这种境界只有一个摆脱浮世的营扰，习惯于寂寞的人方能于静观中得之。齐白石题画云："白石老人心闲气静时一挥"，寂寞安静，是艺术创作所必需的气质。一个热衷于利禄，心气浮躁的人，是不能接近自然，也不能接近生活的。沈先生"习静"的方法是写字。在昆明，有一阵，他常常用毛笔在竹纸上书写的两句诗是"绿树连村暗，黄花入麦稀"。我就是从他常常书写的这两句诗（当然不止这两句）里解悟到应该怎样用少量文字描写一种安静而活泼，充满生气的"人境"的。

我就是个不想明白道理却永远为现象所倾心的人。我看一切，却并不把那个社会价值掺加进去，估定我的爱憎。我不愿问价钱上的多少来为万物作一个好坏批评，却愿意考查他在我官觉上使我愉快不愉快的分量。我永远不厌倦的是"看"一切。宇宙万汇在动作中，在静止中，在我印象里，我都能抓定它的最美丽与最调和的风度，但我的爱好显然却不能同一般目的相合。我不明白一切同人类生活相联结时的美恶，另外一句话来说，就是我不大领会伦理的美。接近人生时我永远是个艺术家的感情，却不是所谓道德君子的感情。

——《自传·女难》

沈先生五十年前所作的这个"自我鉴定"是相当准确的。他的这种诗人气质，从小就有，至今不衰。

《从文自传》是一本奇特的书。这本书可以从各种角度去看。你可以看到从辛亥革命到"五四"湘西一隅的怕人生活，了解一点中国历史；可以看到一个人"生活陷于完全绝望中，还能充满勇气与信心始终坚持工作，他的动力来源何在"，从而增加一点自己对生活的勇气与信心。沈先生自己说这是一本"顽童自传"。我对这本书特别感兴趣，是因为这是一本培养作家的教科书，它告诉我人是怎样成为诗人的。一个人能不能成为一个作家，童年生活是起决定作用的。首先要对生活充满兴趣，充满好奇心，什么都想看看。要到处看，到处听，到处闻嗅，一颗心"永远为一种新鲜颜色，新鲜声音，新鲜气味而跳"，要用感官去"吃"各种印象。要会看，看得仔细，看得清楚，抓得住生活中"最美的风度"；看了，还得温习，记着，回想起来还异常明朗，要用时即可方便地移到纸上。什么都去看看，要在平平常常的生活里看到它的美，它的诗意，它的亚细亚式残酷和愚昧。比如，熔铁，这有什么看头呢？然而沈先生却把这过程写了好长一段，写得那样生动！一个打豆腐的，因为一件荒唐的爱情要被杀头，临刑前柔弱的笑笑，"我记得这个微笑，十余年来在我印象中还异常明朗"（《清乡所见》）。沈先生的这本《自传》中记录了很多他从生活中得到的美的深刻印象和经验。一个人的艺术感觉就是这样从小锻炼出来的。有一本书叫做《爱的教育》，沈先生这本书实可称为一本"美的教育"。我就是从这本薄薄的小书里学到很多东西，比读了几十本文艺理论书还有用。

　　沈先生是个感情丰富的人，非常容易动情，非常容易受感动（一个艺术家若不比常人更为善感，是不成的）。他对生活，对人，对祖国的山河草木都充满感情，对什么都爱着，用一颗蔼然仁者之心爱着。

　　山头一抹淡淡的午后阳光感动我，水底各色圆如棋子的石头也感动我。我心中似乎毫无渣滓，透明烛照，对万汇百物，对拉船人与小小船只，一切都那么爱着，十分温暖的爱着！（一九三四年一月十八日）

　　因为充满感情，才使《湘行散记》和《湘西》流溢着动人的光彩。这里有些篇章可以说是游记或报告文学，但不同于一般的游记或报告文学，它不是那样冷静，那样客观。有些篇，单看题目，如《常德的船》、《沅陵的人》，尤其是《辰谿的煤》，真不知道这会是一些多么枯燥无味的东西，然而你看下去，你就会发现，一点都不枯燥！它不同于许多报告文学，是因为作者生于斯，长于斯，在这里生活过（而且是那样的生活过），它是凭作者自己的生活经验，凭亲历的第一手材料写的；不是凭采访调查材料写的。这里寄托了作者的哀戚、悲悯和希望，作者与这片地，这些人是血肉相关的，感情是深沉而真挚的，不像许多报告文学的感情是空而浅的，——尽管装饰了好多动情的词句。因为作者对生活熟悉且多情，故写来也极自如，毫无勉强，有时不厌其烦，使读者也不厌其烦；有时几笔带过，使读者悠然神往。

和抒情诗人气质相联系的，是沈先生还很富于幽默感。《一个爱惜鼻子的朋友》是一篇非常有趣的妙文。我每次看到："姓印的可算得是个球迷。任何人邀他去踢球，他皆高兴奉陪，球离他不管多远，他总得赶去踢那么一脚。每到星期天，军营中有人往沿河下游四里的教练营大操场同学兵玩球时，这个人也必参加热闹。大操场里极多牛粪，有一次同人争球，见牛粪也拼命一脚踢去，弄得另一个人全身一塌糊涂"，总难免失声大笑。这个人大概就是《自传》里提到的印鉴远。我好像见过这个人。黑黑，瘦瘦的，说话时爱往前探着头。而且无端地觉得他的脚背一定很高。细想想，大概是没有见过，我见过他的可能性极小。因为沈先生把他写得太生动，以至于使他在我印象里活起来了。沅陵的阙五老，是个多有风趣的妙人！沈先生的幽默是很含蓄蕴藉的。他并不存心逗笑，只是充满了对生活的情趣，觉得许多人，许多事都很好玩。只有一个心地善良，与人无忤，好脾气的人，才能有这种透明的幽默感。他是用微笑来看这个世界的，经常总是很温和地笑着，很少生气着急的时候。——当然也有。

仁者寿。因为这种抒情气质，从不大计较个人得失荣辱，沈先生才能经受了各种打击磨难，依旧还好好地活了下来。八十岁了，还是精力充沛，兴致勃勃。他后来"改行"搞文物研究，乐此不疲，每日孜孜，一坐下去就是十几个小时，也跟这点诗人气质有关。他搞的那些东西，陶瓷、漆器、丝绸、服饰，都是"物"，但是他看到的是人，人的聪明，人的创造，人的艺术爱美心和坚持不懈的劳动。他说起这些东西时那样兴奋激动，赞叹不已，样子真是非常天真。他搞的文物工作，我真想给它起一个名字，叫做"抒情考古学"。

沈先生的语言文字功力，是举世公认的。所以有这样的功力，一方面是由于读书多。"由《楚辞》、《史记》、曹植诗到'挂枝儿'曲，什么我都欢喜看看。"我个人觉得，沈先生的语言受魏晋人文章影响较大。试看："由沅陵南岸看北岸山城，房屋接瓦连椽，较高处露出雉堞，沿山围绕，丛树点缀其间，风光入眼，实不俗气。由北岸向南望，则河边小山间，竹园、树木、庙宇、高塔、民居，仿佛各个位置都在最适当处。山后较远处群峰罗列，如屏如障，烟云变幻，颜色积翠堆蓝。早晚相对，令人想象其中必有帝子天神，驾螭乘蜺，驰骋其间。绕城长河，每年三四月春水发后，洪江油船颜色鲜明，在摇橹歌呼中联翩下驶。长方形大木筏，数十精壮汉子，各据筏上一角，举桡激水，乘流而下。就中最令人感动处，是小船半渡，游目四瞩，俨然四围皆山，山外重山，一切如画。水深流速，弄船女子，腰腿劲健，胆大心平，危立船头，视若无事。"（《沅陵的人》）这不令人想到郦道元的《水经注》？我觉得沈先生写得比郦道元还要好些，因为《水经注》没有这样的生活气息，他多写景，少写人。另外一方面，是从生活学，向群众学习。"我文字风格，假若还有些值得注意处，那只因为我记得水上人的言语太多了。"（《我的写作与水的关系》）沈先生所用的字有好些是直接从生活来，书上没有的。比如："我一个人坐在灌满冷气的小小船舱中"的"灌"字（《箱子岩》），"把鞋脱了还不即睡，便镶到水手身旁去看牌"的"镶"字（《鸭窠围的夜》）。这就同鲁迅在《高老夫子》里"我辈正经人犯不上酱在一起"的"酱"字一样，是用得非常准确的。这样的字，在生活里，群众是用着的，但在知识分子口中，在许多作家的笔下，已经消失了。我们应当在生活里多找找这种字。还有一方面，是不断地实践。

沈先生说："本人学习用笔还不到十年，手中一支笔，也只能说正逐渐在成熟中，慢慢脱去矜持、浮夸、生硬、做作，日益接近自然。"（《从文自传·附记》）沈先生写作，共三十年。头一个十年，是试验阶段，学习使用文字阶段。当中十年，是成熟期。这些散文正是成熟期所写。成熟的标志，是脱去"矜持、浮夸、生硬、做作"。

沈先生说他的作品是一些"习作"，他要试验用各种不同方法来组织铺陈。这几十篇散文所用的叙事方法就没有一篇是雷同的！

一切作品都需要个性，都必须浸透作者人格和感情，想达到这个目的，写作时要独断，彻底的独断！（文学在这时代虽不免被当作商品之一种，便是商品，也有精粗，且即在同一物品上，制作者还可匠心独运，不落窠臼，社会上流行的风格，流行的款式，尽可置之不问。）

——《从文小说习作选·代序》

这在今天，对许多青年作家，也不失为一种忠告。一个作家，要有自己的风格，经得起时间的考验，必须耐得住寂寞，不要赶时髦，不要追求"票房价值"。

虽然如此，我还预备继续我这个工作，且永远不放下我一点狂妄的想象，以为在另外一时，你们少数的少数，会越过那条间隔城乡的深沟，从一个乡下人的作品中，发现一种燃烧的感情，对于人类智慧与美丽永远的倾心，康健诚实的赞颂，以及对愚蠢自私极端憎恶的感情。这种感情且居然能刺激你们，引起你们对人生向上的憧憬，对当前一切的怀疑。先生，这打算在目前近于一个乡下人的打算，是不是。然而到另外一时，我相信有这种事。

——《从文小说习作选·代序》

莫非这"另外一时"已经到了么？

一九八二年十一月三日上午写完

（原载一九八四年第八期《读书》）

哲人其萎

——悼端木蕻良同志

　　端木蕻良真是一位才子。二十来岁，就写出了《科尔沁旗草原》。稿子寄到上海，因为气魄苍莽，风格清新，深为王统照、郑振铎诸先生所激赏，当时就认为这是一部划时代的大小说，应该尽快发表，出版。原著署名"端木红粮"，王统照说"红粮"这个名字不好，亲笔改为"端木蕻良"。从此端木发表作品就用了这个名字，他后在上海等地发表了一些短篇小说，其中《鹭鸶湖的忧郁》最受注意。这篇小说发散着东北黑土的浓郁的芳香，我觉得可以和梭罗古柏比美。端木后将短篇小说结集，即以此篇为书名。

　　端木多才多艺。他从上海转到四川，曾写过一些歌词，影响最大的是由张定和谱曲的《嘉陵江上》。这首歌不像"我的家在东北松花江上"那样过于哀伤，也不像"大刀向鬼子们的头上砍去"那样直白，而是婉转深挚，有一种"端木蕻良式"的忧郁，又不失"我必须回去"的信念，因此在大后方的流亡青年中传唱甚广。他和马思聪好像合作写过一首大合唱，我于音乐较为隔膜，记不真切了。他善写旧体诗，由重庆到桂林后常与柳亚子、陈迩冬等人唱和。他的旧诗间有拗句，但俊逸潇洒，每出专业诗人之上。他和萧红到香港后，曾两个人合编了一种文学杂志，那上面发表了一些端木的旧体诗。我只记得一句：

　　　　落花无语对萧红。

我觉得这颇似李商隐，在可解不可解之间。端木的字很清秀，宗法二王。他的文稿都很干净。端木写过戏曲剧本。他写戏曲唱词，是要唱着写的。唱的不是京剧，却是桂剧。端木能画。和萧红在香港合编的杂志中有的小说插图即是端木手笔。不知以何缘由，他和王梦白有很深的交情。我见过他一篇写王梦白的文章，似传记性的散文，又有小说的味道，是一篇好文章！王梦白在北京的画家中是最为萧疏淡雅的，结构重留白，用笔如流水行云，可惜死得太早了。一个人能对王梦白情有独钟，此人的艺术欣赏品味可知矣！

端木到北京市文联后，没有得到应有的重视，不知是什么原因。他被任为创研部主任，这是一个闲职。以端木的名声、资历，只在一个市级文联当一个创研部主任，未免委屈了他。然而端木无所谓。

关于端木的为人，有些议论。不外是两个字，一是冷，二是傲。端木交游不广，没有多少人来探望他，他也很少到显赫的高门大宅人家走动，既不拉帮结伙，也无酒食征逐，随时可以看到他在单身宿舍里伏案临帖，——他写"玉版十三行洛神赋"；看书；哼桂剧。他对同人疾苦，并非无动于衷，只是不善于逢年过节"代表组织"到各家循例作礼节性的关怀。这种"关怀"也实在没有多大意思。至于"傲"，那是有的。他曾在武汉呆过一些时候。武汉文化人不多，而门户之见颇深，他也不愿自竖大旗希望被别人奉为宗师。他和王采比较接近。王采即因酒后鼓腹说醉话"我是王采，王采是我。王采好快活。"而被划为右派的王采。王采告诉我，端木曾经写过一首诗，有句云：

赖有天南春一树，
不负长江长大潮……

这可真是狂得可以！然而端木不慕荣利，无求于人，"帝力于我何有哉"，酒后偶露轻狂，有何不可，何必"世人皆欲杀"！

真知道端木的"实力"的，是老舍。老舍先生当时是市文联主席，见端木总是客客气气的（不像一些从解放区来的中青年作家不知道端木这位马王爷有"三只眼"）。老舍先生在一次大家检查思想的生活会上说："我在市文联只'怕'两个人，一个是端木，一个是汪曾祺。端木书读得比我多，学问比我大。今天听了他们的发言，我放心了。"老舍先生说话有时是非常坦率的。

端木晚年主要力量放在写《曹雪芹》上。有人说端木这一着是失算。因为材料很少，近乎是无米之炊。我于此稍有不同看法。一是作为小说的背景材料是不少的。端木对北京的礼俗、节令、吃食、赛会，搜集了很多，编组织绘，使这大部头小说充满历史生活色彩，人物的活动便有了广宽天地，此亦曹雪芹写《红楼梦》之一法。有些对人物的设计，诚然虚构的成分过大。如小说开头写曹雪芹小时候是当女孩子养活的。有评论家云："这个端木蕻良真是异想天开！说曹雪芹打扮成丫头，有何根据?!"没有根据！然而何必要有根据？这是小说，是充满浪漫主义色彩的小说，不是传记，不是言必有据的纪实文学。是想象，不是考证。我觉得治"红学"的专家缺少的正是想象。没有想象，是书呆子。

端木的身体一直不好。我认识他时他就直不起腰来，天还不怎么冷就穿起貉绒的皮裤，他能"对付"到八十五岁，而且一直还不放笔，写出不少东西，真是不容易。只是我还是有些惋惜，如果他能再"对付"几年，把《曹雪芹》写完，甚至写出《科尔沁旗草原》第二部，那多好！

曹鹏写汪曾祺

曹鹏，1963年生，文化学者、美术评论家、画家，先后在南开大学与中国人民大学就读十年，获学士、硕士、博士学位，主攻艺术与传播两大专业，旁及文史、茶艺、美食、收藏等杂学，创办并主编过《中国书画》、《中国印》、《美术图书评论》以及《主流》杂志、《收藏文摘》杂志，是多家报刊的专栏作家，著有《大师谈艺录》一二两册、《名家意匠——中国当代美术批评》、《闲闲堂茶话》、文博书画大师丛书《启功说启功》、《黄苗子说黄苗子》、《名利丹青：吴冠中说吴冠中》、《收藏这么玩：王世襄说王世襄》等三十余种著作，编选有《汪曾祺经典小说选》、《汪曾祺经典散文选》等。

曹鹏 在虎跳峡小憩

曹鹏为出版社编选过三种汪曾祺的作品选本，分别是中国广播电视出版社的《汪曾祺经典散文选》、《汪曾祺经典小说选》与云南美术出版社的《气质与格调 汪曾祺写云南》，对汪曾祺作品有全面的研究与独特的理解认识，撰写过多篇关于汪曾祺的文章。

欣赏汪曾祺的九个角度

——《汪曾祺经典散文选》导言

汪曾祺（1920～1997年）是同时代文人中至今为止被公认为经典作家的仅有的一位，在各种现当代小说与散文选本的书目中，鲁迅、周作人、徐志摩、郁达夫、冰心、朱自清、丰子恺、巴金、老舍、沈从文与汪曾祺是基本阵容，而在年龄与资历上，他却只相当于是学生，事实上，和五四新文化运动一代名家相比，就连沈从文都是小字辈，而汪曾祺作为沈从文的学生，能够在现代文学史的名人榜上跻身于敬陪末座的殿军位置，实在是极其难得的成就。

汪曾祺有自己的风格，有自己的读者群，同时有自己的研究评论家。与文艺评论界的朋友聊天，常常会提到汪曾祺，不止一位从事文学评论的朋友告诉我自己偏爱汪曾祺，如中国艺术研究院的摩罗先生说他写过四万字的汪曾祺评论——在如今的文艺批评高度商业化、官本位异化的环境，已经辞世十二年的汪曾祺能够有如此之大的吸引力，完全靠的是人品与作品出众。

我在网上搜索了一下，发现不少人给汪曾祺冠以最高级的名分，如"最后一位纯粹的文人"、"最后一位文人作家"、"最后一位士大夫"、"京派作家的最后一位传人"、"最后一个中国古典抒情诗人"、"最后一位士大夫型文人"，等等称号，可见舆论对汪曾祺的评价何等之高。

在我看来，汪曾祺无疑是一位有才华、有格调、有性情的人，但同时也正像他自己老老实实在文章里交代过的，他只是一个随便、随意的读书人与写作人，书也没多么当回事下工夫读，只是杂览而已，当然与八十年代以后的作家们相比是天壤之别，但与其同辈中的饱读之士比，汪曾祺实在只是一位兴趣广泛、见多识广的作家，在学问的深度与专工上，大概他老先生从来是不肯上心的，至少是不愿为或不曾为。以古诗文为例，从他引用或书写过的李商隐、陆游作品来说，似乎都还在《唐诗三百首》、《千家诗》等选本的范围之内，我猜老先生可能不耐烦读《全唐诗》、《玉溪生诗集》或《陆游集》之类的大部头（又有谁会出于兴趣与消遣而读这类书呢？）。

他了不起的成就在于悟性与境界以及风格魅力，或者说，他对于生活、对于人、对于趣味、对于美，有自己独特的感受，能够生动地表达出来。在这个意义上，他更接近于诗人的气质，同时又是一个爱玩、贪玩、会玩、有童心、真诚、善良的才子。他的家庭与家乡给了他足够丰富的生活素材，而他所读的南菁中学（中国有史以来最好的中学之一）与西南联合大学（中国有史以来最好的大学）又让他见识了足够多的大师与名家并且给了他足够的知识文化专业训练，而在"文化大革命"中传奇般的际遇让他进了江青亲自领导的创作班子，有机会成为样板戏《沙家浜》的主要执笔者——这一经历对于造就汪曾祺的名望与地位应当是有极大影响的。汪曾祺的文学才华与成就已经毋庸置疑地有了经典地位，特别是九十年代他去世之后，中国文学界的非才非学非德的蹦极式堕落与恶俗化市侩化商业化，更反衬出汪曾祺的可贵与可爱。政声人去后，一位作家的声誉，也是在他去世后才最终定形的。有些作家在世时享有盛名，但死后却渐渐被读者与研究者所遗忘，而汪曾祺则是在世就很著名，在辞世后，不仅没有减弱影响力与名望，反而更强化了卓然不群的文化形象，走向了真正的不朽。

我有幸与汪曾祺的哲嗣汪朗先生同在一家报社供职并且常有聚谈的机会，间接听到不少汪曾祺的情况，当然，都是零零星星的，只是聊闲篇的材料，不过，这些从家庭的角度记录下来的趣闻逸事，以及只言片语，往往有着外人远远不及的特殊价值，因为更真实、更本色，也能更反映汪曾祺的喜怒哀乐与真实想法、爱好。例如，汪曾祺在京剧院工作，写过《马·谭·张·裘·赵》文章显示出汪老对京剧的精通，撰写剧评

老年汪曾祺

谈艺是当行本色——我曾在书里对汪曾祺未答应某大名旦之请托为之作传以为是一大遗憾，否则不会让章诒和女士擅美于后（见《黄苗子说黄苗子》第123~124页），而这篇谈演唱艺术的文章其实也足以传世，只是其中看不出他对这几位名家的道德评价，而在他与家人议论时，却是褒贬分明。

因为屡次蒙赠汪曾祺作品，反复研读，多少有些心得，先后写过两篇评论，其一发表在我创办并主编的《中国书画》杂志上，还选发了几幅汪曾祺的书画作品——大概这是专业美术刊物第一次重点推介汪曾祺书画，记得还特意约请汪朝女士写了一篇长文回忆汪曾祺与书画。后来此文收入山东画报出版社所出的汪曾祺文选中，我在书店见到，当时还在想，有时一些流传世间的文化成果很可能是偶然因素催生的，一篇文章如是，一本杂志如是，一本书如是，一场运动亦复如是，当事者、局内人不说或未说，外人不知就里因缘，只能是郢书燕说，何异盲人摸象，所以记录下来的历史很难完全准确真实。

汪朗兄慨然支持我编选《汪曾祺经典散文选》，于是我便不自量力，贸然应下。中国的传统文化中，选学是一门专业学问，从孔子选诗三百，到昭明太子的《文选》，以至后来的《六朝文絜》、《唐诗三百首》、《古文观止》、《千家诗》、《经史百家杂抄》、《古文辞类纂》，代有杰作，概括其规律，选者与作者的关系，还是要有相当的共同背景为基础，由内行专家精心选择编辑的选本，可以去芜存精，更突现了作品的精华与价值，对读者来说事半功倍，大大提高了命中率与阅读效用。

有一个流行的段子，说的是一个大学男生追求一个校花，校花问："你爱我什么呀？"他便说她美丽、聪明、善良，而校花接着反问了一句："那你让我爱你什么呀？"男生无言以答，自惭形秽，只好走开。

这可以用来形容编选者与作者的关系。理想的恋爱，男女双方应当是"你好，我也好，我能让你更好，而你也能让我更好。"彼此存在共同之处，有共同语言，才会美满幸福。

成功的作家与书画家的作品，都是立体的而不是平面的，有厚度而不单薄，就像钻石，有着多个剖面。剖面越多，色彩越丰富，也就更美，更禁得住欣赏与把玩。

按照知人论世的治学方法，据我拙见，要真正理解汪曾祺，文学、书画、西南联大、云南昆明、戏曲、美食、花木果蔬、家乡与南菁中学、北京与河北张家口九个方面的背景知识必不可少。

客观地说，我本科是文学专业，写过大量文学评论，而又多年从事书画创作与美术评论，对于选编诗文与书画兼通的汪曾祺作品，在专业知识与背景上，倒也还算符合条件；再论起来，汪曾祺所就读的西南联合大学，与我读中文系的南开大学有着血缘关系，而在最近安徽电视台《旧闻新说》栏目还邀请我做了五期节目，主题便是西南联合大学的精神；汪曾祺念念不忘津津乐道的云南昆明，又是我挂职一年任省国资委副主任的所在地；汪曾祺后来在京剧团工作，而我对京剧素有兴趣，收集大量古旧剧本，看了N多老戏录像，尤喜梨园掌故；汪曾祺爱谈吃喝，而我也班门弄斧写有茶话食话；汪曾祺喜欢花木果蔬，对植物格外留心，而他一度在农科站劳动，算得上有专业经历，而我也非常偶然地被《云南农业科技》杂志邀请开设谈花草的专栏，与农学界更早结缘于大学毕业分配到河北林学院，又与农业大学的教授多有往来，而且还采访过中国农业科学院原院长金善宝老人，又特别采访过当年中国花卉协会会长陈慕华，论起来该不算是与花木果蔬毫无缘分；最后，汪曾祺笔下一写再写的故乡扬州与曾就读过的江阴南菁中学，我亦曾分别走访；而他下放数年并且在作品中一再出现的地方是河北省，正是我的家乡，对乡土民风当然最熟悉不过；他后半生居住并不断描写的北京城，同样也是我生活并工作的城市——也就是说，我兴趣本来就博杂，又借职业之便深度涉猎专业较多，兼得天时地利人和——恐怕很难有第二人有如此幸运，同时在九个方面都与汪曾祺先生有或多或少的共同背景以及经历与生活空间的重合之处，因此，对其人其文其诗其画的内涵与妙处，不才约摸都能体会把握得到，敢说一句虽不中亦不远矣。

此书是围绕着上述九个方面来选编汪曾祺的散文的，这与坊间已有的各类汪曾祺选本的编选模式全都不同。作品按主题与性质划分，各编之间有的存在交叉重叠，取舍本着何者为主的原则，如既写昆明又写美食，倘重在景物则入昆明编，若重在吃喝则入美食编。有些文章可能不那么好明确分类，或者我的着眼点有所不同，可能会有不尽妥当的地方，还望读者诸君指教。

印前补记

书稿编定进入校排程序，心中尚存一个缺憾，那便是虽然我以前不止一次到过扬州，但却未到过高邮。无巧不成书，恰好有朋友邀请我去江阴，然后派车送我去南京，正好有半天空闲，于是绕道至高邮，到文游台参观了汪曾祺纪念馆，又到老城王念孙王引之父子故居一游，又一路打听去找南门竺家巷汪曾祺故居，结果路人似乎无人知道这条小巷。出乎我意料的是高邮话与扬州话并不一样，扬州、南京、徐州话我还勉强可以听懂，而高邮话则几乎听不懂——只能听出是浓重的苏北腔，交流沟通的障碍使得我问路屡屡不得要领。在明显破败的古城老街（在风貌上有些地方很像我少年时的保定城）钻来钻去，最后上了南门外运河长堤，虽然最终也没见到汪曾祺故居的影子，不过，听说已经拆得只剩一间偏房，或许真看了反倒失望，古人有何必见戴的典故，用在这里倒也贴切，于是，踏着斜阳我离开了高邮。

文学是人学，要研究、理解、欣赏一位文学家的作品，就必须了解认识其为人、性情、经历。人是社会动物，因此，要了解认识一个人，就得同时了解认识他的生活环境、学习环境与工作环境。尽管文学艺术家都是超群拔俗、特立独行之士，他的家人、亲属、同学、朋友、同事以及其他与之有过接触或来往的人，虽然不能塑造或决定他的个性与精神面貌，但无疑会直接或间接地影响到他的成长。对于汪曾祺这样一位以家乡风物人情民俗为主要题材与背景的小说家、散文家来说，高邮小城是最生动、形象的无言注释。虽然只是半日游逛，我却感觉受益匪浅。

古城老城的历史文化沉淀深厚，此为常识，文化艺术史有一个引人注目的现象，大师名家往往出于古城老城，尤其是文学家更为突出。盘点一番现代文学史的大师，从鲁迅、周作人开始，到汪曾祺为止，几乎没有出生成长在新兴城镇或无名小地方的人，正如谚语所说的"鸡窝里飞不出金凤凰"，若偶有例外，如沈从文，那也是当时世人尚不知道湘西凤凰这个偏远小城罢了，我去过所以知道那也是古城，而且传统悠久、风情特异。

文化需要传统的蕴育与培养，环境越是深厚、丰富、悠久，就越有利于生长文学艺术的名花异卉与参天大树。

汪曾祺纪念馆没有汪曾祺的作品出售，柜台里只摆了几种今人研究汪曾祺的书，这是当前旅游文化景点的通病。若这本集子出版后能摆进高邮文游台汪曾祺纪念馆，能够作为纪念品出售，那在我是莫大的荣幸，因为这是一个晚辈后学向汪曾祺老先生的致敬。

对于前辈大师名家的作品，编选者做加法的效果不如做减法。当然，对大师的作品做减法又谈何容易！减得恰到好处是极难的。汪先生的乡贤郑板桥曾留下遗训，不允许后人在他编定的文集之外再补充佚作，否则他老人家必为厉鬼以击其脑。可见，编选大师的作品（除非是纯学术性的版本或全集、佚作集），漏了多少漏了哪篇无关宏旨，而增加了不合适的作品，则是画蛇添足，事实上是对大师的歪曲甚至冒犯。

一个月前书画界几位朋友到昆明，在我的办公室里间会议室改作的画室，苏宁先生作了一幅大画，韩大星要用巨石刻一方闲章，要我出印文，我应声说了一句"我见青山多妩媚"，韩先生表示字数有点多且另有名家有这样一方闲章，苏先生说那就减两个字吧，于是，我便定为"青山多妩媚"，钤在山水画上，宛若天成，辛弃疾的名句"我见青山多妩媚，料青山见我亦如是"，去掉了前面两字与后面的八个字，更加精炼，且具新意。

青山多妩媚。这就是我编选《汪曾祺经典散文选》的感受。

二零零九年六月四日自南京飞昆明当晚草于挂云居

与君安坐吃擂茶

——汪曾祺的写意小说

中国画有工笔与写意之分，如果小说也这样来划分风格，我认为汪曾祺的小说是写意小说，不拘泥于情节故事，只求一种意境与情调，随心所欲地点染挥洒，谋篇布局不循常规。

自五四新文化运动始，中国现代文学名家，大都是既写小说又写散文，汪曾祺是其中的典型代表。汪曾祺的小说与散文都取得了很高的成就，而且小说带有强烈的散文化倾向，形成了自己特有的风格。

中国传统文化中讲书画同源，书法与绘画的创作与欣赏有着内在相似性，这是因为中国书法与绘画所使用的工具是同一支毛笔。汪曾祺的小说与他的散文，是用同一支笔写出来的，形式与题材虽然有异，但是神韵风格同根同源。这使得汪曾祺的读者读了他的小说，就难免要读他的散文；反过来，读了他的散文，也会想读他的小说，甚至在很大程度上，只有读了汪曾祺的散文，欣赏品味其小说才更细致入微。

我在编选《汪曾祺经典散文选》时，总结概括出《欣赏汪曾祺的九个角度》，并据此将汪曾祺散文分为九编，这种分类方法，自认为是科学的、合理的，也是我独创的。能从九个角度欣赏的作家，古今中外都不多，仅此一点，即足以证明汪曾祺是二十世纪中国经典作家，他的作品必将传世。

在题材与素材上汪曾祺的小说与其散文有很多重合之处，可见作家的兴趣与爱好是相当"顽固执著"的，就此而言，汪曾祺的小说是写意的，同时又是写实的，他的生活经历与见闻，构成了他的散文与小说的素材内容。虽然我所总结概括的九个角度是就汪曾祺的散文随笔作品而言的，但基本上也适用于汪曾祺小说，当然，侧重点有所不同——他的小说中最引人注目的两大主题是故乡与他下放的张家口农村，而以云南昆明与北京为背景的虽然也有佳作，但都相对分量要轻得多。

汪曾祺小说深受沈从文小说的影响，有的短篇也有美国作家安德森的《小城畸人》的回音，但是他形成了自己的风格，不是那种食古不化，更不是邯郸学步或东施效颦。散文化是汪曾祺小说的突出特点，杂糅了传统的掌故、笔记的技巧，而又娴熟地运用现代小说叙事技巧，洒脱随意而自有章法。

汪曾祺在怀念西南联合大学与云南昆明时，曾用过"一种格调，一种气质"八个字，据此，我应云南美术出版社杨旭恒社长之约选编的《汪曾祺写云南》一书所拟的书名便是《格调与气质》，其实，汪曾祺的小说最大的魅力，也就在于其格调与气质。

汪曾祺对小说写作有自己的理论主张，在《作为抒情诗的散文化小说》一文中下过定义："小说应该就是跟一个可以谈得来的朋友很亲切地谈一点你所知道的生活。"话很平易实在，非行家高手说不出，当然，如果考虑到小说有很多种风格，可以"亲切地谈"，也可以"严肃地谈"或"庄重地谈"，因此，显然这个定义并不适用于所有的小说，而只适合于汪曾祺自己的作品，是典型的夫子自道。

汪曾祺当年与女儿在家里曾经说过："将来中国文学史会有我一席之地。"女儿当场毫不客气地回了一句："臭美吧老头儿！"

这番对话是汪曾祺哲嗣汪朗先生告诉我的，外人可能没机会听到或听说过。这反映了汪曾祺对自己的文学成就与地位，有着足够的自信，虽是与家人开玩笑，可是却决非无来由的自大自恋。当然，女儿不买账也是情理之中的——世界上哪有受宠爱的女儿会拍老爸的马屁呢？不论老爸多了不起，女儿内心多崇拜，在老爸说大话时，女儿肯定会予以嘲讽，只要女儿是受宠的。

现在已经可以下结论，汪曾祺是中国二十世纪最成功的小说家、散文家之一，将来的文学史也基本上会这么书写。

有文化有学问的人，在专业上达到一定的水平，就会具有历史意识或历史感，也就是对自己从事的事业的成就得失，能放在历史的坐标系予以评价。三国魏晋时期人士喜欢自比于某一古人，如诸葛亮自比于管仲，就是例子。当然不是什么人都有资格这样做。这种自我认识，若是生前自己道出，往往会被外人看成是自大或自恋，所谓"时人未之许也"。其实，只有具备历史感与历史意识的人，追求传世不朽，才会有大成就。汪曾祺成为历史人物，是他自己有意识、非常清醒的选择与努力的结果。

汪曾祺有两句诗："大乱十年成一梦，与君安坐吃擂茶。"这种与朋友安坐饮茶的心境与闲聊的从容闲在以及情趣，就是汪曾祺小说的高妙之处。读汪曾祺的小说，非常像在茶馆听一位见多识广、风趣潇洒的儒雅老者，悠闲地聊天忆旧——"讲一段吧？""好，讲一段。今天我讲的是……"

二零一一年十二月二日北京初雪午后草于闲闲堂

才子：一种中国特色的文化现象
——由汪曾祺的两本书引发的话题

在文学艺术领域，国人向来很推崇才子，而且代有其人。事实上，直到"文革"前，还出现过刘绍棠、王蒙等一批才子，再早一些时候，更有徐志摩、郁达夫以及钱锺书等代表人物，世人交口称颂。但是，近些年来，耐人寻味的是，不大有新的才子"诞生"，在文艺界，甚至已经很少出现"才子"这个字眼。如果从此才子绝迹了，那实在是个非常严重的事情，因为才子对中国文化的影响也许比大熊猫或扬子鳄对生态环境的影响还要大得多。

对比中西方文化，不难发现，西方文化史主要是天才史，而中国文化史却可以说是才子史。从汉代的司马相如到三国的曹植，再到元代人写的《唐才子传》，中国文史典籍中不乏对才子的歌颂与赞美。

汪曾祺是当代作家中，公认为最多才多艺的一位，按照许多老一辈文化人的标准，可以说是一位才子。五年前他的去世，似乎是为中国沿袭了几千年的才子文化传统画了一个令人叹惜的句号。

中国人民大学出版社推出的由汪家三子女合作撰写的《老头儿汪曾祺》，从家庭生活的视角，展现出了汪曾祺的家居情景与个人世界。西谚"仆人眼里无英雄"，事实上，家人眼里也是没有什么英雄或才子的。因此，书中对老头儿的回忆，也是以平常心出之，没有神化，没有夸大。但是愈是如此，有心人愈是可以看到真正的才子性情。

自古神州出才子，而且江南才子可以说早已成为一个独特的文化概念。在二十世纪八九十年代，活跃在社会上的文化界名流，出身于江南者就颇有其人，汪曾祺就可以称得上是较为典型的一位——在这里，江南是一个历史文化概念，而非实际的行政区域概念，以汪曾祺为例，他的家乡高邮在江北，而他在江南的江阴读中学，因此，也可以视为江南才子。

诗文书画俱佳，五经六艺皆通，出口成章，妙趣横生，风流倜傥，而且往往年少才高，这些是过去的才子标准。而且，最重要的是除了文才与艺能之外，还必须是性情中人，同时，要有雅好。对当代文人来说，这已几乎是不可能的，而汪曾祺在这几个方面都符合条件。小说散文是他赖以成名的东西，而他的剧作也很有成就，代表作《沙家浜》一度妇孺皆知，写的是他常见的景物。晚年汪曾祺以书画享誉海内外，一手任性自然的文人画，比他的散文似乎还叫座，在文化界颇受佳评。他生前想出的最后一本书，就是书画集，所以，汪家兄妹便为他编选出版了《汪曾祺书画集》，虽是自费印刷非卖品，但是编印之讲究，与时下正式出版的画册相比毫不逊色。另外，汪曾祺还是同时代有数几个著名的美食家之一，不仅实践，还有著述结集行世，可谓是承袭了同乡李笠翁、袁枚的流风遗韵。他生前与朱德熙的通信中还表示过晚年要写一本中国烹饪史，可惜天未假才人以寿，否则他的这本"食史"很可能会与他的老师沈从文的"衣史"交相辉映。

能被人视为才子，当然不会是侥幸浪得虚名。说句糙话，历史上祝枝山、唐伯虎、徐文长，哪个也不白给，今人亦然。汪曾祺能取得诸多成就，天赋过人固然是一个重要因素，受过良好的系统教育，得遇名师高人指点，也是非常重要的决定因素。

西南联合大学是中国抗日战争时期由北京大学、清华大学、南开大学三校合并的，是当时，也是中国有史以来最好的大学，而汪曾祺就正儿八经在这所大学读了五年书，而且值得一提的是他并没有拿到毕业证——这与他的老师一辈的陈寅恪、钱锺书是异曲同工，今人只听说过比尔·盖茨能如此潇洒，其实自古中国人就懂"得鱼忘筌"、"何必见戴"的道理。并非巧合，中国现当代的文化科教界最杰出的精英，相当一些都与西南联合大学有一定关系，李政道、杨振宁等获诺贝尔奖的华人科学家，就是在这所存在了仅仅八年的大学培养的。师出名门，"谈笑有鸿儒，往来无白丁"，这对于培养才子有着至关重要的意义。

作为受过最好的教育的老一辈文化精英，他的学养与造诣，比起其他的同时代作家，要全面得多，也正宗得多，科班出身与野狐禅，相差不可以道里计。书画集里他的书法作品，尤其是诗与楹联，就几乎篇篇有典，但是又恰到好处，让人感觉不出里面的学问，做到这一点，对当代书画家已经极其不易。老先生喜欢书写自作的旧体诗，而且画上题跋也多是小品散文，随手挥洒，皆有可观。他少小学画，暮年更是潜心习画，虽然不是专业科班出身，但是自有格调，时臻佳境，正如他的为人为文，既富韵味又有境界、清新雅致。

徐城北专门在《博览群书》杂志评介《汪曾祺书画集》，文中说，汪曾祺喜欢以书画赠人，而且往往是主动提出来，甚至贴钱装裱好再送给人（他住在宣南虎坊桥，距琉璃厂一箭之遥，走着就可以去荣宝斋，有地利之便）当然，这肯定得是汪老青眼相加的人。他常用的一方闲章是"岭上多白云"，是歇后语，言外之意是"只可自愉悦，不堪持赠君"。这也是魏晋风度，在今天铜臭味越来越重的文化界，实在有些像是传奇故事。我辈后生，闻之只能抱恨无缘识荆了。

在当前的文人画——也就是作家兼画家的队伍中，汪曾祺当是排在前列的名家，天津的作家冯骥才、陕西的作家贾平凹，最近都出版了书画集，相形比照，更让人感叹汪老先生哲人不寿。顺便说一下，以汪曾祺为标准，现在流行的文人画，其实画者大多算不得是什么文人，别无他故，胸中少数千卷书耳，所以至多是准文人画与小文人画，甚至是伪文人画。有一句成语"艺无古今"，才子与文人，也不因古今中外而异，更无旧新之别。

生活中的汪曾祺，只有家人才真正了解。汪朗、汪明、汪朝三兄妹分别写出了家庭里作为父亲的汪曾祺是怎样一个样子。在传记作品中，大概家人写的回忆著作与记录，应是最有史料价值的，也是最有可读性与趣味性的。

随着冰心、萧乾、钱锺书以及汪曾祺的告别人世，中国文化界面临着不仅不再有大师与泰斗，而且连真正意义上的才子也断了香火的境况。所以，反映仅仅在昨天还在我们生活里的这批文化名人的回忆与纪实作品，也就更显得弥足珍贵。当我们举目四望文坛不乏得志小人与侏儒小丑的时候，只有传记还能告诉我们，中国的文化也曾有汪曾祺这样的才子。

试想，没有了才子，我们的文化还有什么情调与色彩可言？

一种气质，一种格调

——汪曾祺与云南

　　在抗战期间，昆明与云南是文化重镇，文人名家云集于此，不少作家学者都留下了关于昆明与云南的文字，不过，值得指出的是，只有汪曾祺写云南的数量最多。他的老师沈从文也写云南，但是，篇目远不能与汪曾祺相提并论。汪曾祺可能是现当代经典作家中写云南的文章最多的一位。事实上，我不知道三四十年代在云南待过的文化人，还有谁的文字能编出这样一本以云南为主题的集子。

　　这并非偶然。汪曾祺对云南的感情非同一般。他在云南生活了七年，说是云南，其实，他那七年都是只在昆明一地，最远所到不过是昆明的呈贡。不过，昆明是云南的集中代表，对于在昆明生活过的人，昆明与云南几乎可以划约等于号。

　　汪曾祺是个随缘的人，没有机心，也没有计划性、目的性，正像他自己所说之所以选择上西南联合大学，冲的是可以吊儿郎当，这种散淡平易与随和、懒惰，质朴板扎，其实，也就是云南的特色精神气质。

　　他写的吴雨僧、闻一多、沈从文等西南联合大学名教授，文采生动，皆可传世，可惜，他没有系统地多写几篇，否则，他的西南联合大学名教授系列便能结集成书单行面世，就可与周作人的《北大感旧录》与张中行的《负暄琐话》系列鼎足而三了。

　　世人公认中国有史以来最优秀的大学是西南联合大学，西南联大的成功，靠的是天时、地利、人和，安徽电视台"旧闻新说"节目2009年曾邀请我就西南联合大学做过五次节目，在里面我曾发很多感慨。汪曾祺说："这是一座战时的，临时性的大学，但却是一个产生天才，影响深远，可以彪炳于世界大学之林，与牛津、剑桥、哈佛、耶鲁平列而无愧色的，窳陋而辉煌的，奇迹一样的，'空前绝后的'大学。"（《七载云烟》）北京大学、清华大学、南开大学在组建西南联合大学之前与之后，都没有在昆明期间办学的辉煌成就，这说明了什么？依我拙见，这说明了昆明比北京、天津更适合办世界一流大学。

汪曾祺写的主要是那七年的老昆明，晚年他重游故地，也留下了不少新篇章。他恋恋难忘的是云南的风土、云南的美味、云南的花草树木以及果蔬，以及云南的风光民俗。他最刻骨铭心的是他的恩师，他的同学，他在昆明度过的青春岁月。云南的诗意，昆明的诗意，经汪曾祺的如花妙笔，恰到好处地展现出来。虽然用的是散文体裁，但是，在我看来，汪曾祺所创作的是一组云南之诗。

我有幸在云南生活过十四个月，因而对汪曾祺写云南的微妙精彩之处增进了理解与体味，当然，时过境迁，汪曾祺的昆明，到我挂职当云南省国资委副主任的时候，老街已经只剩两三条了，他所津津乐道、了如指掌的街巷、店铺、老字号，几乎都成了历史名词。汪曾祺的这些关于昆明的文字，几乎就是现代版的《洛阳伽蓝记》、《梦梁录》、《东京梦华录》、《陶庵梦忆》。关于昆明与云南的书我收集过不少，其中也有几本称得上是大手笔杰构，如罗养儒、孙太初诸位的名作，写本乡本土的历史掌故、风物民俗，娓娓道来，如数家珍，不过，比较起来，还是汪曾祺的文字更能引起我的共鸣。

世界在变。不变的是汪曾祺与云南共有的那么"一种气质，一种格调"（摘自他的文章《七载云烟》），汪曾祺是位有气质与格调的作家，云南是个有气质与格调的地方，而这种气质与格调，永远散发着吸引人、打动人的独特魅力。

二零一一年六月二十日写于北京闲闲堂